Daniela Zaknun

Zeit der Geparden

Daniela Zaknun

Zeit der Geparden

Das Schicksal
eines hochbegabten
Kindes

Seifert Verlag

Umwelthinweis: Dieses Buch und der Schutzumschlag
wurden auf chlorfrei gebleichtem Papier gedruckt.
Die Einschrumpffolie – zum Schutz vor Verschmutzung –
ist aus umweltverträglichem und recyclingfähigem
PE-Material.

1. Auflage

Umschlaggestaltung: Rubic Creative Supervision
Umschlagfotos: Klaus Rubik, John Zaknun
Logo: Padhi Frieberger
Druck und Bindung: Druckerei Theiss GmbH, A-9431 St. Stefan
Printed in Austria

ISBN 3-902406-08-9

An die Leserinnen und Leser

Dieses Buch ist dem Genre »Faction« zuzuordnen. Ein tatsächliches Ereignis bildet den Kern der Erzählung, an den sich teilweise wahre, teilweise fiktive Handlungselemente knüpfen. Die Nähe zu real existierenden Personen ist zufällig. Die Autorin gibt vielmehr ein exemplarisches Schicksal wieder. Entscheidend dabei ist, dass sich alles genau so zugetragen haben könnte. Und dass hier und jetzt ein Kind das gleiche oder ein ähnliches Schicksal erleiden mag wie der Held unserer Geschichte.

We are all equal, but
definitely not the same.

Barbara Streisand, New York City, 1994

Inhalt

Danksagung

Mein Entschluss, dieses Buch zu schreiben, fiel bei einem Abendessen mit Freunden in Frankfurt.

Unser kleiner Sohn spielte mit den anderen Kindern. Die lange Reise durch Schulen und Psychotherapien war zu Ende. Bei diesem Abendessen erzählte ich erstmals die Geschichte unseres Sohnes.

Zu großem Dank bin ich Frau Dr. Bergsmann vom Österreichischen Verein für hochbegabte Kinder (ÖVHK) verpflichtet, die mir mit Enthusiasmus und hoher Expertise zur Seite stand, sowie den Klassenlehrerinnen der Mehrstufenintegrationsklasse Wien 1230 (MIK) unseres Sohnes, die wahre Wunder vollbracht haben. Persönlich danken möchte ich auch Familie Schaller, die mich in meiner tiefsten Verzweiflung im Glauben an das Kind bestärkte.

Ich danke ferner Universitätsprofessor Dr. med. Max H. Friedrich, welcher nach so langer Zeit und vielen Fehldiagnosen die Wahrheit ans Licht brachte und den Mut hatte, diese auch zu vertreten. Meiner Lektorin möchte ich danken für die vielen Stunden, die sie meinem Manuskript gewidmet, und die vielen wertvollen Ratschläge, die sie mir gegeben hat. Nicht vergessen möchte ich Marks Eislauftrainerin, die seine motorischen Schwächen und Ängste immer großartig gemeistert hat.

Und schließlich möchte ich allen Eltern und Kindern danken, die trotz der widrigen Umstände und schwierigen Zeiten stets Freunde geblieben sind.

Frühreif, hochbegabt, Wunderkind, Genie. Kinder, die mit diesen Etiketten ausgestattet werden, lösen nicht nur Faszination, sondern auch Neid, Angst und Unverständnis aus. Weil hochbegabte Kinder vieles zu früh wissen und begreifen, erscheinen sie unheimlich und lösen nicht selten Aggressionen aus. Ihre Eltern werden oft als überehrgeizige Personen bezeichnet, die sich selbst durch die Leistung ihrer Kinder verwirklichen wollen. Die Kinder werden gehänselt und oft ausgegrenzt. Menschen, die von der Norm abweichen, ob nun atypisch in ihrer Persönlichkeit,

Physiognomie oder in ihrem Intellekt, repräsentieren Randgruppen unserer Kulturgesellschaft. Dieses Buch wurde geschrieben, um das Problem einer breiten Öffentlichkeit verständlich zu machen, da wir es uns dauerhaft nicht leisten können, unsere höchsten Begabungen zu ignorieren.

Prolog

Die Geschichte, die hier erzählt wird, folgt einer wahren Begebenheit:

Ein kleiner Junge wird von Lehrern und Psychologen falsch als hyperaktiv diagnostiziert. Damit beginnt für den Siebenjährigen eine Odyssee durch Schulen und Behandlungen, bis durch einen Zufall die Wahrheit ans Licht kommt.

Irrwege, Ängste und Verzweiflung kennzeichnen die Geschichte des Kindes, das auf Unverständnis der Umwelt mit Aggression und seelischer Isolation reagiert.

In diesem Buch hält die Autorin einer egalitär ausgerichteten Gesellschaft den Spiegel vor und stellt die Frage: Wie lange können wir es uns noch leisten, die besten Köpfe mit der Diagnose Verhaltensauffälligkeit auszugrenzen?

Savannenbilder

Die Hitze flimmerte über die Steppe. Mitte Juni war das Gras bereits von der Trockenheit bräunlich verfärbt. Antilopenherden grasten friedlich neben Zebras und ein paar Wasserbüffeln. Ein Stück entfernt, im dichten Gestrüpp, schützte sich ein Rudel Hyänen vor der prallen Mittagssonne.

Plötzlich stob eine Schar Wasservögel kreischend aus dem flachen Tümpel. Ein Gepardenweibchen mit seinem Jungen war hinter den alten Pinien aufgetaucht. Sofort hatten die Hyänen das Weite gesucht, es war nicht klug, sich mit einer alten Gepardin anzulegen, selbst wenn das Junge in diesen kargen Zeiten einen guten Leckerbissen abgegeben hätte.

Der erst drei Monate alte Gepard tappte noch etwas tollpatschig neben seiner Mutter her. Deutlich konnte man das Haarbüschel hinter den Ohren ausmachen, das charakteristisch ist für junge Geparden. Er trank noch von der Mutter, durfte sich aber zum Spiel schon ein paar Schritte entfernen. Natürlich nur mit Sichtkontakt zur Mutter, die Gefahr lauerte nämlich überall hier in der Savanne, besonders für junge Geparden.

Die Mutter hatte dieses Jahr einen Wurf von zwei prächtigen Männchen zur Welt gebracht. Doch der Bruder hatte sich vor ein paar Wochen beim Spiel zu weit vorgewagt und war leichte Beute herumstreunender Hyänen geworden. Anfangs hatte der junge Gepard überall nach dem Gespielen Ausschau gehalten, bald hatte er sich aber daran gewöhnt, mit der Mutter allein zu sein.

Im Alter von drei Monaten konnte der junge Gepard nur neben seiner Mutter hertrotten. Dennoch, sah man genau hin, ließen sich schon die Merkmale des schnellsten Läufers dieser Erde erkennen. Es war nur eine Frage der Zeit.

Mark

Um in die Schule zu gelangen, fuhr man zuerst durch ein großes Tor, das im Sommer wie im Winter an Schultagen geöffnet war.

Eine Kastanienallee führte in den Schulhof. War der Hausmeister morgens nicht dazugekommen, die Einfahrt von den Schneemassen zu säubern, mussten die Schüler der unteren Klassen den Schnee selbst wegschaufeln.

So stand es in der alten Schulordnung. In solchen Fällen rückten die Schüler der 1a und 1b am Nachmittag während der Tagesinternatstunden mit Schaufeln voll Sand aus, um die Schuleinfahrt befahrbar zu machen. Manchmal endeten diese Säuberungsaktionen in einer wilden Schneeballschlacht.

Das Schulhaus selbst war ein alter dreistöckiger Ziegelbau, dessen Fassade dringend einer Renovierung bedurfte. Das Geld dafür war aber immer für EDV-Anlagen und neue Geräte für die diversen Speziallabors investiert worden.

Die Ludwig-Denk-Schule war eine Allgemeinbildende Höhere Schule, die für Schüler mit besonderen Bedürfnissen und Begabungen Möglichkeiten schuf, sich nach ihren Domänen spezifisch zu entfalten.

Die Klassenzimmer und Unterrichtsräume waren erst kürzlich nach modernsten pädagogischen Richtlinien neu konzipiert worden. Schüler der oberen Klassen hatten dazu eigens eine Bedarfserhebung in der Schule gemacht. Speziellen Anforderungen der älteren Schüler war beim Umbau ebenso Rechnung getragen worden wie einer modernen virtuellen Lehr/Lerninteraktion mit Hilfe modernster Computerkommunikation.

Die Übungsräume für Biologie, Philosophie, Chemie, Physik, Computerlabor und Werkzimmer für Technik und Kunst waren bestens ausgestattet worden, neue Räumlichkeiten für Kommunikationswissenschaften, Sozialanalyse und Religionsethik hinzugekommen.

Hingegen hatte sich am Stundenplan, der mit Projekten, Eigenstudium und vielen Stunden an Praktika in den Speziallabors vollgestopft war, nicht viel geändert.

Die große Schwimm- und Sporthalle befand sich einige hundert Meter entfernt vom Hauptgebäude, noch innerhalb des Schulgeländes. Die Strecke wurde im Sommer von den Schülern für kurze Sprints genützt, im Winter zum Eisstockschießen und für ähnliche Spiele.

Das Tagesinternat war in einem einzelnen Zubau untergebracht, der sich nahe dem Schulhof befand. Hier wurde der Nachmittag mit Aufgaben, Sport und ausführlichen Diskussionen verbracht. Viele Schüler blieben den ganzen Nachmittag hier und beschäftigten sich mit ihren speziellen Domänen. Man konnte sich gleichermaßen über Politik, Kunst, Kultur oder das letzte Fußballmatch unterhalten. Hier bahnten sich die ersten Beziehungen der Jugendlichen an, hier wurden Freundschaften beendet. Im Tagesinternat bereiteten sich die Jüngsten auf das Leben in der Schule vor, die Maturanten auf Universität, Hochschule oder Beruf.

Die Schüler der Ludwig-Denk-Schule hatten die Möglichkeit, während ihrer Schulzeit ein Handwerk wie Radiotechnik oder Tischlerei zu erlernen. Die Praktika für diese Ausbildung fanden ebenfalls in den Räumen des Tagesinternates statt. Nebenan konnte man das ganze Jahr über Musikinterpretationen auf den verschiedensten Instrumenten vernehmen. Das Angebot in musikalischer Ausbildung wurde von Schülern mit besonderer Begabung ebenso wie von den etwas abfällig bezeichneten »Amateuren« genützt.

Es war der 19. Januar, Marks Geburtstag. Er gehörte mit seinen elf Jahren zu den Jüngeren in seiner Klasse. Diese umfasste insgesamt zwanzig Schüler, ein gutes Drittel davon Mädchen.

Bis jetzt war es ein ganz normaler Schultag gewesen. Am Vormittag hatte er sich mit Latein, Mathematik und Kernphysik auseinander gesetzt. Nach dem Kunstunterricht sollte er erstmals das neu eingerichtete Seminar in sozialer Kommunikation besuchen. Man hatte ihm versichert, dass ihm dieser Stoff sicher gefallen würde. Zumindest hätten seine letzten Testergebnisse dies empfohlen. Er selbst wollte sich überraschen lassen. Wirklich Spaß machte ihm aber der Physikunterricht, soviel war sicher. Häufig spielte er am Nachmittag auf seinem neuen PC die offenen Diskussionspunkte aus Physik und Mathematik vom Vormittag nochmals durch.

Mark hatte volles blondes Haar, das zu schnell wuchs und kurz nach dem ungeliebten Friseurbesuch wieder in wilden Strähnen in seine Stirn fiel. Die alte Hornbrille hatte er vor kurzem gegen Kontaktlinsen ausgetauscht.

Sein Körper war durch das viele Training im Sport drahtig, ohne ein Gramm Fett zu viel. Obwohl sich vereinzelt Pickel auf seine Nase verirrt hatten, konnte man ihn im landläufigen Sinne als gut aussehend bezeichnen.

Mark besuchte seit dem letzten Herbst die erste Klasse der Ludwig-Denk-Schule. Er hatte, ganz nach seiner Art, auch hier einige Zeit gebraucht, sich einzugewöhnen.

Trotz der vielen Therapiestunden hatte er Schwierigkeiten Freundschaften zu schließen. Während der Nachmittagsstunden blieb er lieber mit seinen Studien allein. Nur selten ließ er Fremde an sich heran. Die Wochenenden verbrachte er am liebsten mit seinem Kumpel aus Grundschultagen. Mathias war schon in den harten Tagen mit Frau Laich sein bester Freund gewesen. Damals hatte er oft den Nachmittag mit ihm verbracht, sie hatten im nah gelegenen Tümpel gefischt, mit dem Rad die Gegend entdeckt und auf dem Spielplatz Fußball gespielt. Später hatten sie gemeinsam Ausflüge in die Stadt gemacht oder Mädchen geärgert. Letztes Jahr hatte Mathias die alte Grundschule verlassen, um in ein Gymnasium in der Nachbarschaft zu gehen. Mark wäre so gerne mitgegangen, aber seine Eltern hatten es nicht erlaubt. Später wollte Mathias die Firma seines Vaters übernehmen, was er Mark nicht ohne Stolz erzählte. Mark hatte nicht die geringste Ahnung, was er später einmal machen würde.

Seit Mark in der neuen Schule war, sah er Mathias nur noch sehr selten, versäumte aber keines von dessen Fußballmatches in der Lokalliga.

Am Nachmittag seines 11. Geburtstages befand sich Mark im Tagesinternat. Vormittags hatte er ein Mädchen kennen gelernt. Sie war schlank, hoch gewachsen und trug das kastanienbraune Haar schulterlang. Sie war zu alledem ungeheuer sprachgewandt. Britta Sommer ging in die Nebenklasse und hatte am Morgen im Schulforum einen Vortrag über »Das Wesen der Stratosphäre« gehalten. Nach dem Vortrag hatte sie trotz Zahnspange ein strahlendes Lächeln aufgesetzt und war in der Menge verschwunden.

Mark war beeindruckt und sprach sie am Nachmittag im Tagesinternat an. Dabei ließ sie ihn ganz schön abblitzen. Britta war umringt von Bewunderern, die Informationen und Internetseiten zur Stratosphäre erfahren wollten. Instinktiv stellten sich bei Mark alte Verhaltensmuster ein, die er schon fast vergessen hatte.

Mit ein paar kurzen Schritten zog er sich zielsicher von den Kollegen zurück, landete scheinbar absichtslos an der Tür. Dort drehte er sich blitzschnell um und tat, als hätte er etwas Wichtiges im Kopf. »Jetzt muss ich mich aber wirklich wieder an meine Arbeit machen«, murmelte er und verließ den Raum. Der Trick funktionierte gut, niemand nahm Notiz von ihm. Keinem der Mitschüler war seine persönliche Niederlage aufgefallen.

Marks Verletzlichkeit in der Beziehung mit seinen Mitmenschen war ihm wieder einmal nur allzu deutlich geworden. Schon als ganz kleiner Junge, erinnerte er sich, konnte er Absagen schwer verkraften. Dann wurde er oft grob, um die Angst vor den anderen zu verstecken. Dabei bedeuteten ihm Freundschaften so viel. Er empfand eine Absage immer als ein persönliches Versagen, und verlieren konnte er schon als ganz kleines Kind beim Spiel nicht. Er wollte es bloß den anderen nicht sagen. Wenn sie ihn dann nicht verstanden, wandte er sich sofort ab und kehrte sich wieder weniger schwierigen Dingen wie Rechenspielen oder seinem Computer zu.

*

Zufrieden, dass es ihm gelungen war, sein Gesicht zu wahren, trabte Mark in Richtung der Klassenräume der 1a. Es störte ihn keineswegs, dass es den Schülern verboten war, sich nachmittags in den leeren Räumen aufzuhalten. Mit Regeln und Verboten hatte er es noch nie so genau genommen. Seine Sensibilität und der Hang, alles auf sich zu beziehen, ließen ihn wieder einmal in die Isolation flüchten. Er wusste, es würde lange dauern, bis er einen zweiten Versuch bei Britta wagen würde. Noch eine solche Niederlage würde er sich nicht erlauben. Obwohl er von Britta fasziniert war. Ihm gefielen schlanke kluge Mädchen, die noch dazu so fantastische Reden halten konnten. Dies war für Mark überhaupt das Größte, denn er selbst hatte sich noch nie gut ausdrücken können und stattdessen lieber mit seinem Computer und seinen Zahlen gespielt.

»Gut, dass ich weg bin, sonst glaubt sie noch, ich wäre an ihr und nicht an dem Vortrag interessiert gewesen. Außerdem können Mädchen jahrelang beleidigt sein, wenn man einmal das Falsche sagt«, dachte Mark und schloss dieses Kapitel fürs Erste ab.

Er war wieder zurück im leeren Klassenzimmer, schob seine neueste DVD zum Thema Kernphysik in den PC und begann zu arbeiten.

Abends würde er mit seiner Familie feiern. Sein Vater hatte sicherlich etwas Besonderes gekocht, die Mutter eine Überraschung für ihn vorbereitet – und das Baby? Auf seine kleine Schwester freute er sich am meisten.

Es würde doch noch ein schöner Geburtstag werden.

Dr. Friedmann

Irgendwann, er war tief in der Arbeit versunken, hörte er Schritte, die sich vom Flur her näherten. Mark erkannte am Rhythmus sofort, wer das war: Dr. Julius Friedmann. Der trug im Unterricht sommers wie winters offene Sandalen und ausgewaschene alte Jeans. Entgegen den Schulvorschriften band er das lockige Haar in einem Rossschwanz hinten zusammen.

In Fachkreisen war er als Experte für physikalische Grundlagen neuronaler Überträgersubstanzen bei Erkrankungen wie Alzheimer und Parkinson bekannt geworden. Privat war er in keiner festen Beziehung und verbrachte daher seine Freizeit mit seinen Studien oder nahm an Schachwettbewerben teil. Seine Kollegen schätzten seine fachliche und soziale Kompetenz.

Die Jugendlichen hielten Dr. Friedmann eher für einen Sonderling. Sein Unterricht hatte ein hohes Niveau und gestaltete sich gleichermaßen interessant wie unterhaltsam.

Mark mochte Dr. Friedmann. Er interessierte sich leidenschaftlich für Physik und hatte alle bisherigen Prüfungen mit einem Sehr gut bestanden.

»Guten Abend, Dr. Friedmann«, rief Mark in Richtung des Flurs.

Es wäre ihm gar nicht in den Sinn gekommen, sich wegen seiner Verbotsübertretung Sorgen zu machen.

»Das war ein interessanter Vortrag von der 1b heute Morgen, nicht wahr?«, beantwortete Dr. Friedmann den Gruß.

»Ja, ja«, murmelte Mark mürrisch.

Er erinnerte sich an die Abfuhr von vorhin.

»Du weißt, dass es verboten ist, sich außerhalb der Unterrichtsstunden im Klassenzimmer aufzuhalten«, meinte Dr. Friedmann, einen Anflug von Rüge in der Stimme.

»Aber der Hausmeister vergisst immer zuzusperren!« Mark ging gleich in Angriff, anstatt sich zu entschuldigen.

Friedmann seufzte.

Viele Schüler hatten Probleme mit Regeln, aber bei Mark schien dies besonders ausgeprägt zu sein. Jetzt fand er auch noch einen intellektuellen Grund für sein Vergehen und beschuldigte den völlig überarbeiteten Hausmeister der Schule! Jeder andere Lehrer wäre mit Recht erbost gewesen. Friedmann kannte jedoch seine Schüler und die Schwierigkeiten, die sie hatten, Vorgegebenes hinzunehmen. Alles musste diskutiert werden, nichts ließen sie einfach so gelten.

»Wie problematisch muss dies bei diesen Kindern erst in früheren Jahren gewesen sein«, dachte er manchmal. Und gerade dieser Junge hier! Er konnte sich endlos in die Fragen der Physik vergraben, war aber völlig unfähig, einfache Anforderungen des täglichen Schullebens zu akzeptieren.

»Ich geh ja«, hörte der Lehrer Mark widerwillig sagen, und schon war der Bursche im Schulhof verschwunden.

Friedmann nahm sich vor, ihm den Sinn dieser Regel gegebenenfalls näher zu bringen.

Zwei Tage später ergab sich dazu eine Gelegenheit. Mark wollte nach der Geographiestunde zum Joggen, folgte aber der Bitte Friedmanns, in sein Arbeitszimmer zu kommen. Erstens mochte er Friedmann. Und zweitens war er neugierig auf das berühmt-berüchtigte Arbeitszimmer des Lehrers. Die Schüler erzählten sich Merkwürdiges über dieses Zimmer. Jeder wusste eine andere Geschichte. Friedmann hätte Tausende von Büchern, hieß es, DVDs, Videos, Versuchstiere und alte Jazzschallplatten.

Mark war bei seinem Eintritt gleich fasziniert.

Der Raum war mindestens 40 Quadratmeter groß. In der Mitte stand ein riesiger Schreibtisch, voll gestopft mit Papierkram, losen Blättern, Heftmappen, Büchern, Disketten, CDs, verschiedenen Kalendern. In der Mitte des Schreibtisches sah man zwischen all dem Kram einen Siebzehn-Zoll-Farbbildschirm. Der dazugehörige Personalcomputer war irgendwo unter dem Schreibtisch verschwunden. Die Wände waren mit Regalen bestückt. Darauf befanden sich die unterschiedlichsten Laborutensilien und verstreut Zeichnungen tierischer und menschlicher Gehirne. Große Farbtafeln zeigten in Rot riesige geschwungene Zellen mit einem länglichen Schwanz.

»Oligodendroglia«, stand darunter in schwarzer Tinte deutlich zu lesen.

Aber das Seltsamste waren am Rande des großen Zimmers zwei zirka 50 Quadratmeter große Käfige. Darin turnten insgesamt vier junge Nagetiere auf eigens gebauten winzigen Schaukeln.

»Das sind Etti, Jetti, Kai und Lena, meine Laborratten«, erklärte Friedmann auf Marks erstaunte Blicke.

Die Weibchen waren im ersten Käfig untergebracht, die Männchen im zweiten.

Beide Ställe waren blitzsauber.

»Was fressen denn die?«, fragte Mark interessiert.

»Ihr Futter wird, genau nach Protokoll, in einer eigens vorbereiteten Schale durch eine Hebevorrichtung zu den Tieren geschoben«, antwortete der Physiker. Eine der Ratten trug ein eigenartiges Netz von dünnen Drähten um den Kopf gewickelt. Die Drähte waren unterschiedlich gefärbt und an ein kleines Gerät angeschlossen, das entfernt an einen Seismographen erinnerte.

»Das ist ein Enzephalogramm, das die Gehirnströme des Tieres in kurzen Zeiträumen aufzeichnet und anschließend ausarbeitet. Im Futter befinden sich Medikamente, welche den Energie- und Zuckerverbrauch der Oligodendroglia, einer Form von Gehirnzellen, beschleunigen oder auch verlangsamen können. Aber es befinden sich auch Dopamine im Futter, Überträgersubstanzen, die im Gehirnstoffwechsel eine sehr bedeutende Rolle spielen. Unser Ziel ist es herauszufinden, ob es wirklich einen Zusammenhang gibt zwischen der Aktivität der Gehirnzellen selbst und der Menge bestimmter hirnaktiver Substanzen im Blut. Mit dem Gerät können wir eine mögliche Wirkung von Energiemangel oder auch Überschuss direkt am Gehirn messen, ohne dem Tier Schaden oder Schmerzen zuzufügen«, erläuterte Friedmann.

Mark war fasziniert und überlegte, in welcher Form er hier seine Softwarekenntnisse einbringen könnte. »Haben Sie ein Datenverarbeitungsprogramm, das die Spikes gleich mit der Konzentration der zugeführten Dopamine oder ähnliche Zusammenhänge statistisch auswertet?«, fragte er.

»Bis jetzt noch nicht, aber du kannst dir etwas ausdenken. Das würde die Studienergebnisse sicherlich verbessern«, antwortete der Physikprofessor erfreut.

Obwohl sich Friedmann fest vorgenommen hatte, mit Mark das Thema Regeln und Verbote zu besprechen, ließ er es angesichts der offensichtlichen Begeisterung seines Schülers für die Rattenstudien bleiben.

Stattdessen besprach er ein paar belanglose Fehler aus der letzten Physikarbeit mit ihm und schickte ihn mit dem Versprechen nach Hause, ein anderes Mal wiederkommen zu dürfen.

»Ich kann ihm die Schulordnung auch das nächste Mal ans Herz legen«, dachte er. Mark lief schnurstracks in Richtung Sporthalle zum Training. Eigentlich war es Trockentraining, da sein Sport, der Kunsteislauf, ein Wintersport war. Aber die Sprünge und Pirouetten mussten mindestens einmal pro Tag auf der Matte geübt werden. Das Trainieren befriedigte seinen ungeheuren Bewegungsdrang. Mark brauchte den Sport, besonders wenn er aufgeregt war, überkam ihn ein plötzlicher wilder, fast animalischer Drang nach körperlicher Betätigung.

Mark musste sich jetzt einfach bewegen. Plötzlich fühlte er eine starke Energie in seinen Kopf steigen.

Für die nächsten Tage hatte er sich aber fest vorgenommen, die Sache mit den Ratten genauer unter die Lupe zu nehmen. Dafür würde er eine Standpauke von Friedmann gerne hinnehmen.

»Das ist ja schließlich auch sein Job«, dachte er, sich selbst beruhigend.

»Regeln, Regeln, immer diese Regeln! Warum denken sich die Menschen immer solche Sachen aus?«, grübelte er weiter. »Ich kann doch selbst für mich denken, was richtig ist und was nicht! Das ist bloß, weil die anderen zu faul sind zu denken. Ja, Regeln sind für Menschen, die nicht denken wollen.«

Software

Einige Tage später hatte er durch Zufall wieder Gelegenheit, in das Arbeitszimmer von Friedmann zu kommen. Ein Schüler der achten Klasse bat ihn, ein Heft zur Abiturvorbereitung zu besorgen, das im Arbeitszimmer des Professors liegen geblieben war. Nach kurzem Klopfen trat Mark ein.

Die Ratten waren noch immer da.

Friedmann saß auf seinem Schreibtisch zwischen den Papiertürmen.

»Ich soll die Heftmappe von Hübl aus der 8b abholen«, sagte Mark schnell, weil er nicht wusste, wie der Lehrer die Störung aufnehmen würde.

Dieser schien aber keineswegs irritiert.

Wunderbarerweise förderte er in Sekundenschnelle aus dem Berg Papier die Mappe zutage und drückte sie Mark in die Hand. Mit einem Blick zu den Käfigen bemerkte der Junge im Hinausgehen:

»Kann ich die Ratten auch einmal füttern?«

»Okay, dann könnten wir auch eine Partie Schach miteinander spielen, wenn du Lust dazu hast. Täglich um vier Uhr nachmittags ist Fütterungszeit. Die Messung dauert eine Stunde«, antwortete Dr. Friedmann.

Mark war in der Schule kein besonders guter Schachspieler. Zu Hause pflegte er jedoch Großvater, Patenonkel und seine Freunde in ein Paar Schachzügen zu schlagen. Er hatte alle wichtigen Partien aus dem Schachprogramm seines Personal Computers auswendig gelernt, sodass er unerfahrenen Schachpartnern meist einen Schritt voraus war.

In der Schule gelang dies nicht so leicht, da dieser Trick allgemein bekannt war und die meisten Spieler sich bereits bei Spielbeginn darauf einstellten. Häufig hatten sie auch noch viel gerissenere Tricks auf Lager.

Und Friedmann?

Der war dreifacher Landesmeister im Schach gewesen. Bisher hatten es nur wenige Schüler mit ihm aufgenommen. Trotzdem sagte Mark auf Friedmanns Angebot sofort zu. Es war eine Herausforderung für ihn, nebenbei würde er bei seinen Mitschülern mächtig Eindruck schinden, besonders wenn er gewann, worauf er allerdings nicht zu hoffen wagte.

Wer weiß, vielleicht würde sogar Britta Sommer davon erfahren?

»Mehr Chancen als gegen den PC habe ich allemal«, versuchte sich Mark Mut zu machen. An die Schande und das Gelächter der anderen, wenn er gehörig verlor, wollte er lieber nicht denken.

»Geht klar, ich komme dann morgen Nachmittag um vier und bringe auch schon mal ein Accessprogramm für Ihre Berechnungen mit. Excel ist dafür nicht so gut,« sagte er schnell und rauschte aus dem Zimmer, Hübls Heftmappe wie eine Trophäe schwingend. Mit einem Schlag war er bestens aufgelegt. Dabei hatte er die Deutschaufgabe von Frau Mag. Heim noch vor sich.

»Die lange Heim mit ihren Minnesängern kann mich mal, ich probier jetzt lieber ein paar Schachzüge am PC. Den Aufsatz über den Minnesang schreib ich morgen von Kati ab. Die Mädchen machen das ohnehin besser«, dachte Mark auf dem Weg nach Hause.

Unmittelbar nach dem Abendessen ging Mark in sein Zimmer und schaltete fast gleichzeitig seinen PC und die Stereoanlage ein. Mark pflegte nur mit laufender Musik zu arbeiten. Schachprogramm, der Turm stand auf d6, der gegnerische Springer bedrohte den König. »Schach«, schrie der PC, Mark gelang es, den König aus dem Einflussbereich des Springers zu retten, doch nach einem weiteren Zug war er neuerlich gefährdet.

»Das bringt nichts«, dachte Mark etwas verdrossen.

Seine Gedanken wanderten wieder zu den Ratten, den seltsamen Gebilden an der Tafel in Friedmanns Zimmer. Zögernd betätigte er die Escape-Taste. Der Desktop erschien und er drückte das Icon für die Datenbank-Anwendung. Plötzlich rasten seine Gedanken: Ratten-Fütterung, Zuckergehalt in den Zellen, das musste irgendwie in eine Reihe gebracht werden. Den Hintergrund begriff er noch nicht, trotzdem entstand in seinem Kopf ein dreidimensionales Bild von Punkten, die miteinander in Verbindung standen. Er musste nur noch das Datenbank-

Programm damit füttern. Dann konnte dieses ganz von selbst rechnen.

Er vergaß nichts.

Die Nagetiere mussten nicht nur gefüttert werden, Körpergewichte vor und nach der Fütterung mussten eingegeben und die Anzahl und Höhe der Spikes mit den Medikamenten in ihrer Nahrung koordiniert werden. Aktivitäten der Großhirnrinde der Versuchstiere wurden mit besonderen Kennzeichen im Programm versehen, sodass jede Veränderung sofort zu erkennen war. Der Computer gab dann automatisch eine rote oder grüne Kurve aus.

»Easy«, dachte Mark laut.

Schließlich waren es Versuchstiere und sein Lehrer wollte mit seinen Versuchstieren sicherlich allerlei Berechnungen anstellen.

Mark kannte sein Datenbank-Programm, der Vater hatte es ihm so eingerichtet, dass er sofort loslegen konnte. Schreiben war seine Schwäche, er jonglierte lieber mit Zahlen und Bildern, das beherrschte Mark besser als jeder andere seines Alters.

Am Morgen darauf konnte man den Neuschnee direkt riechen. Mark hatte das elterliche Haus früher als sonst verlassen.

Er musste ja den Minnesang für Frau Professor Heim noch abschreiben, vier ganze Seiten!

Zum Glück kam Frau Mag. Ursula Lehner, die Englisch- und Italienischlehrerin, wegen des schweren Schneefalls zu spät zum Unterricht. Den ganzen Vormittag über schneite es und gegen Mittag setzte ein regelrechter Schneesturm ein.

Schüler wie Lehrer waren froh, in den warmen Klassenzimmern bleiben zu können. Die meisten Schüler würden allerdings heute früher weggehen, um vor Einbruch der Dunkelheit zu Hause zu sein.

Die Schulstunden waren Mark besonders lang erschienen, insbesondere die Ausführungen von Frau Professor Heim über Walther von der Vogelweide. Mark wusste bis heute nicht, warum ihn sein Klassenvorstand, Herr Dr. Klaus, in Deutsch in diesen fortgeschrittenen Kurs gesetzt hatte. Deutsch war wirklich nicht seine Stärke.

In der Ludwig-Denk-Schule gab es die Möglichkeit, dass der Klassenvorstand bestimmte Schüler je nach ihrem Können in fortgeschrittenere Unterrichtsstunden versetzte. So war Mark gleich beim Eintritt in die Schule in Mathematik und Physik in höhere Klassen eingestuft worden. Das war verständlich, hatte er doch schon in der Grundschule in diesen Fächern den Lehrstoff der AHS gelernt, teilweise sogar im Eigenstudium. Aber in Deutsch!

Marks Rechtschreibkenntnisse lagen trotz der Fortschritte immer noch deutlich unter dem Klassendurchschnitt.

Gut, Mark schrieb wunderbare Essays und hatte sich durch seine Gabe der Sozialanalytik schnell hervorgetan. Aber er verstand nicht, was dies mit dem Fach Deutsch zu tun hatte, beziehungsweise mit dem Mittelalter von Frau Heim.

Vielleicht war seine Versetzung in diese Klasse nur ein Versehen des Klassenvorstands? Mark wusste es nicht.

So musste er heute Morgen die Hausaufgabe über den frühmittelalterlichen Gesang nachholen.

Mark mochte Kati, Kati war sein bester Freund.

Catherine Rosenberg war Amerikanerin und erst seit ein paar Wochen in der Klasse. Da ihre Mutter in München lebte, sprach sie perfekt Deutsch. Ihr Vater arbeitete nahe der Schule in der Amerikanischen Botschaft. Kati spielte schon seit vielen Jahren Geige und hatte es auf diesem Instrument bereits zu beachtlicher Virtuosität gebracht. Nicht zuletzt des Geigenspiels wegen war sie an diese Schule gekommen.

Und Kati hatte natürlich eine wunderschöne Hausaufgabe geschrieben, aber Marks Thema war es wirklich nicht. Klar, was hätte Kati auch zu Marks Softwareprogramm für Dr. Friedmann gesagt, das er letzte Nacht geschrieben hatte. Rattenstudien! Igitt! Davon wäre sie sicher nicht beeindruckt gewesen.

»Jeder hat seine Interessen«, dachte er, während die Heim unentwegt von Walther von der Vogelweide redete.

Die Mädchen bewunderten Frau Mag. Heim wegen ihres ungeheuren Wissens und ihrer Klugheit. Die Jungen sahen sie ein wenig von der heiteren Seite. Sie nahmen sich vor, die Mädchen später mit solchen Minnesängen zu hänseln.

Mark dachte nur an seine Ratten, die hatten mit Minnesang nicht das Geringste zu tun.

Gleich nach dem Mittagessen in der Schulmensa setzte er sich an den Computer und überflog nochmals die Software von gestern Abend. »Jetti« hatte er das Programm genannt, nach einem der Tiere.

»Das müsste funktionieren«, dachte er altklug.

Die Ergebnisse würde er selbst nicht verstehen, das war auch nicht so wichtig, hauptsächlich Dr. Friedmann war mit seiner Arbeit zufrieden.

Mark hatte sich in der kurzen Zeit in der Schule einen Namen als Softwarelieferant gemacht. Er programmierte alles, Computerspiele im Tagesinternatsraum, Volleyballtaktiken, Referate, sogar die statistische Wahrscheinlichkeit von Abiturfragen. Programmieren hatte ihm sein Vater schon sehr früh beigebracht. Jetzt pflegte er ihn zu fragen, wenn er selbst nicht mehr weiterwusste. Das funktionierte immer. Der Vater fühlte sich geehrt, wenn sein Sohn ihn um Rat fragte, und dieser hatte wieder ein perfektes Handelsobjekt für das Tagesinternat.

Nun, da er mit den Vorbereitungen endlich fertig war, stopfte er noch rasch sein altes Schachbrett in die Schultasche und machte sich auf den Weg in das Arbeitszimmer seines Physikprofessors.

Inzwischen war es dunkel geworden. Der Schneesturm tobte mit unveränderter Wildheit. Flüchtig dachte Mark daran, dass der Heimweg lang und sehr kalt werden würde.

So war er froh, in der warmen Schule zu sein.

Vorsichtig klopfte er an die Tür.

Keine Antwort.

Friedmann war noch nicht da. Zögernd betrat Mark das Zimmer und ging direkt auf die beiden Käfige zu. Den Tieren schien es gut zu gehen. Sie kletterten munter auf den künstlichen Baumstämmen herum und tranken hin und wieder etwas Wasser. Mark blickte auf seine Armbanduhr. Es war genau vier Uhr Nachmittag. Er reinigte fein säuberlich beide Käfige mit einem umweltverträglichen Reinigungsmittel, das auf einem Regal daneben stand, nachdem er die Tiere zuvor in einen kleinen Pappcontainer hatte laufen lassen. Dann schüttete er die Testnahrung in den kleinen Fressnapf. Er öffnete wieder die Käfige für die Tiere und sofort kamen sie an den Futtertrog. Diesmal war das eigenartige Gestell aus bunten Drähten an den Köpfen von Jetti und Etti befestigt. Mark drückte den Startknopf außerhalb der Käfige und nahm somit die EEG-Sonde in Betrieb.

Mittlerweile war Dr. Friedmann gekommen.

Eine Schülerin aus der Oberstufe hatte ihn aufgehalten. Nach einer kurzen Begrüßung zeigte ihm Mark stolz die blank polierten Käfige und die laufenden EEG-Sonden. Friedmann warf einen kurzen Blick auf seine Versuchstiere und war mit Mark zufrieden.

»Das EEG läuft schon, wie ich sehe«, dann können wir doch eine Partie Schach spielen.

»Die Software kann ich ihm auch noch später zeigen«, dachte Mark, ehe er sich nur noch auf das Spiel konzentrierte.

Während im Hintergrund die Sonde leise Hirnstromanalysen aufzeichnete, setzten sich die beiden jungen Wissenschaftler zu ihrer ersten gemeinsamen Schachpartie.

Jagdspiele

Der junge Gepard ruhte faul und satt neben seiner Mutter in der Abendsonne. Ein frisch erlegtes Antilopenkalb lag neben ihnen. Bald würden die beiden Geparden gemeinsam weiterziehen und die Beute anderen überlassen.

Das Gepardenmännchen war jetzt schon ein Jahr alt und lief tagsüber selbstsicher neben dem Muttertier her. Die Natur hatte es mit dem windschlüpfrigen Körperbau eines perfekten Läufers versehen. Der Kopf des Tieres war schmal, die Beine sehnig und hoch, der Rumpf schlank und lang gestreckt.

Der junge Gepard war zum Läufer geboren! Er hetzte um seine Mutter herum, er jagte Kleintieren und Wasservögeln hinterher, dass sie in Panik davonstoben.

Die Gepardin grollte. Wie sollte sie dem Jungtier das Beutemachen beibringen, wenn es immer wieder ihre schützende Nähe verließ, sich spielerisch duckte, dahin und dorthin raste und die Nase in die stacheligen Büsche vergrub, bis sie blutig war.

Manches Mal setzte der junge Gepard zum Sprung an wie ein ausgewachsenes Tier und zeigte kurz, was in ihm angelegt war. Aber die meiste Zeit über plagte er die Mutter mit seinem ungestümen Verhalten. Hatte sie nicht schon ein Jungtier aus dem Wurf verloren? Dieses hier sollte seine Bestimmung erreichen: der schnellste Läufer dieser Erde zu werden!

Doch ihre Anstrengungen waren nicht immer erfolgreich, denn das Jungtier musste zunächst ziellos hin und her rasen, auch wenn es sich dabei in Gefahr begab.

Schach

Bald waren Ratten, Enzephalogramm, EDV-Programme und der Schneesturm vor der Türe vergessen.

Mark wählte wie immer Schwarz und setzte seinen ersten Zug.

Der Anfang war Routine.

Er stellte den Bauern auf d5 in Position, ging im zweiten Zug mit dem Springer auf f6, um seinen Bauern zu decken. Doch Figur um Figur fiel Friedmanns Spielgeschick zum Opfer. Der Physiker agierte souverän. Bald verlor Mark einen Springer und beide Läufer.

Er begann zu schwitzen.

So leicht wollte er sich nicht unterkriegen lassen. Tief unten spürte er die alte Wut beim Verlieren in sich aufsteigen. Mit aller Kraft würgte er sie hinunter.

Nicht vor Friedrich, vor allem nicht vor Friedrich.

Sein Ehrgeiz war nun geweckt.

Mit zwei geschickten Zügen nahm er dem Lehrer beide Türme ab. Nun, zugegeben, Dr. Friedmann war durch ein Geräusch aus dem EEG abgelenkt gewesen, aber im Spiel durfte ein solcher Vorteil genutzt werden.

Mark strahlte.

Das Spiel ging weiter.

Eine halbe Stunde hielt er sich wacker. Immer wieder konnte er dem Lehrer ausweichen.

Oder vielleicht ließ ihn dieser nur gewinnen, wie es früher sein Vater getan hatte? Das wollte Mark nun auch wieder nicht.

Nein, Dr. Friedmann spielte hart.

Mark verlor weiter Figur um Figur.

»Nicht die Dame, bloß nicht die Dame«, plapperte er erregt vor sich hin. Er hatte Tränen in den Augen.

»Schach!«, Friedmanns Worte klangen wie eine Drohung für Mark.

Nun musste er aufstehen, Mark konnte nicht einfach ruhig da sitzen, dafür war er zu aufgeregt. Wie eine Raubkatze ging er um das Spiel herum, beäugte die Positionen seines Gegners, dachte sich hundert Züge aus, wollte schon springen, aber vergebens! Friedmann war stärker.

Keine Chance, nicht in diesem Spiel.

»Warum gehst du nicht mit dem Springer auf b7, dann kommst du aus dem Schach, ohne die Dame zu opfern«, meinte Dr. Friedmann, der Marks Verzweiflung bemerkte.

Mark ging zögernd auf den Rat des Lehrers ein, hatte aber keine Ahnung, was sein nächster Zug sein sollte.

Nach einer Stunde hatte der Lehrer dann überlegen gewonnen.

Mark musste schlucken, nahm seine Niederlage jedoch tapfer hin.

Draußen vor dem großen Fenster tanzten die Schneeflocken. Friedmann nahm sich vor, Mark heute nach Hause zu bringen. Seine Eltern könnten beunruhigt sein, besonders bei solchem Wetter.

»Du spielst gut, wann hast du mit dem Schachspiel begonnen?«, fragte er den Jungen mit etwas Vorsicht, da er spürte, dass er alte Wunden öffnen könnte.

Er hatte den Jungen beobachtet.

Die Energie, Hyperkinese, die Konzentration, der Hang zu Arroganz, das Aggressionspotenzial, vielleicht sogar eine Spur von Hass, die Klugheit, ja, das war einer seiner Schüler. Sie hatten alle ihre Wunden, er musste vorsichtig sein.

»Mein erstes eigenes Schachbrett bekam ich mit sieben Jahren«, fing Mark an zu erzählen:

Ich besuchte die zweite Klasse Grundschule. Ich hatte meinem Vater geholfen, die vielen Blätter und Zweige aus dem Garten in die Biotonne zu entsorgen. Zur Belohnung brachte mir Vater an diesem Abend das Schachspiel mit nach Hause. Ich hatte das Brett immer in meiner Schulbank in der hintersten Reihe versteckt, denn die Lehrerin verbot mir, es in die Schule mitzubringen.

»Gib vor den anderen nicht immer so an«, sagte sie zu mir einmal.

In den Schulpausen holte ich das Brett heimlich heraus und zeigte es meinen Mitschülern.

Ich fühlte mich wie ein Star.

Es waren die einzigen aufregenden Augenblicke an

diesen trostlosen Vormittagen. Die übrige Zeit langweilte ich mich in der Schule. Ich hatte wenige Freunde dort. Es gab immer Zoff.

Wir stritten um alles Mögliche, Stifte, Figuren, Pokémon-Karten, Pausenbrote. Die Lehrerin reagierte jedes Mal sauer. Krach unter den Mitschülern war ihr ein Gräuel. Irgendwie suchte sie für alle Streitereien die Schuld bei mir. Einmal, als ich krank war, hatte es einen Streit zwischen zwei Schülern um ein Rechenheft gegeben. Sie behauptete, ich hätte es genommen. Dabei war ich an jenem Tag doch gar nicht in der Schule.«

»Kannst du dich an die Anfänge deiner Schwierigkeiten in der Schule erinnern?«, fragte Friedmann vorsichtig.

Marks Miene wurde immer finsterer. Er nickte kaum merklich. Der Physiker fühlte, dass er nun vorsichtig sein musste.

Tatsächlich wusste er natürlich Bescheid. Er kannte Marks Curriculum aus seinen Unterlagen in der Schule. Es ähnelte stark dem mancher anderer Schüler, die er kannte. Viele von ihnen hatten eine lange Odyssee hinter sich, bevor sie hierher gekommen waren.

Manche waren woanders rausgeflogen, weil sie sich unangepasst verhalten hatten. Andere hatten in den früheren Schulen gerade in ihren Domänen versagt und die Klassen wiederholt. Manche hatten das Vertrauen in die Erwachsenenwelt und in sich selbst völlig verloren.

Friedmann wusste aus Erfahrung, dass es nicht immer günstig war, an diese Erinnerungen zu rühren.

Diesem Jungen hier war es besonders schlimm ergangen.

Friedmann glaubte ein leises Zittern in Marks Stimme zu vernehmen, als dieser nun fortfuhr.

»Begonnen hat alles mit dieser Zeichnung. Schon vorher war die Lehrerin oft wütend auf mich. Aber richtig böse war sie erst seit dieser Zeichnung. Wir sollten die brennenden Türme malen, am 11. September 2001, Sie erinnern sich? Alle waren begeistert und fanden die Aufgabe cool. Es gab viele Zeichnungen in der Klasse, einige Kinder hatten sogar vier oder fünf Bilder gemalt.

Ich hatte Angst, seit ich die Bilder in CNN gesehen hatte, und eigentlich überhaupt keine Lust, ein Bild zu malen.

Die Lehrerin fand meine Zeichnung schrecklich, und sie sagte mir das auch.«

Die Zeichnung

Und so hatte drei Jahre zuvor alles begonnen: Mark war im letzten Winter sieben Jahre alt geworden. Er besuchte die zweite Klasse der Grundschule nahe seinem Elternhaus. Anfangs war er ein guter Schüler gewesen. Er hatte eine schnelle Auffassungsgabe und ein ausgezeichnetes Gedächtnis. Mark konnte mit Zahlen und Worten jonglieren. Seine Eltern hatten ihn häufig in Museen oder zu Theaterbesuchen mitgenommen, auch auf ihre vielen Reisen. Er wusste mehr als andere Kinder seines Alters.

Im zweisprachigen Kindergarten hatte er Englisch gelernt, gut genug, um das Programm von CNN oder anderen englischsprachigen Fernsehstationen zu verstehen.

Am meisten hatte er aber immer seinen Computer geliebt. Er war für ihn stets wie ein Spielkamerad gewesen. Gängige Computerspiele lehnten seine Eltern wegen des hohen Gewaltpotenzials ab. Also beschäftigte er sich mit anderem. Mit drei Jahren, lange bevor er lesen und schreiben konnte, saß er schon stundenlang am PC, öffnete seine Malprogramme, speicherte seine Kunstwerke in eigenen Dateien und kopierte sie später für die Großeltern.

Als ihn die Mutter einmal zu einem ihrer Termine ins Büro mitnahm, zog es ihn sofort in Richtung Computer.

Die entgeisterte Sekretärin stürzte auch gleich herbei, um Schlimmstes zu vermeiden. Aber als sie die routineerprobten Handgriffe des Kleinen sah, blieb sie wie angewurzelt stehen und beobachtete ihn fasziniert.

»Wie alt ist denn das Kind?«, fragte sie misstrauisch.

»Er ist vier, aber keine Angst, er wird Ihnen nichts löschen«, beruhigte ich sie, »am Computer kennt er sich aus.«

Mit seinen sieben Jahren installierte Mark bereits selbstständig neue Software und surfte im Web.

Es war der Nachmittag des 11. September 2001. Mark hatte seine Hausaufgaben schon in der Schule erledigt. Gegen halb vier Uhr Nachmittag war er nach Hause gekommen. Er begrüßte das kanadische Au-Pair-Mädchen Sally und setzte sich an seinen PC, um ein neues Rechenspiel für die nächste Schulstufe auszuprobieren. Bald war er es leid, das ging alles viel zu leicht, und er drehte den Fernseher auf.

Vom letzten Abend war noch der Sender CNN eingestellt.

Gerade wollte er auf das Kinderprogramm umschalten, da sah er es: Flugzeuge, die in Wolkenkratzer flogen, immer und immer wieder. Mark setzte sich nahe ans Fernsehgerät. Er versank sofort in dem, was er vor sich sah. Mit den Menschen auf dem Bildschirm sprang er aus den brennenden Türmen in die Tiefe.

Er rannte mit den Feuerwehrmännern über Treppen hoch und floh mit den Passanten durch die Straßen. Er war ein Passagier in einem der Flugzeuge und kämpfte gemeinsam mit anderen Fluggästen gegen die Terroristen. Jeder seiner Gesichtsmuskeln schien angespannt. Mark fiel in eine Art Trancezustand und begann zu zählen.

Er zählte alles, was er sah: In Panik geratene Menschen, die aus den Fenstern sprangen, die Feuerwehrmänner, die Wolkenkratzer, die leeren Straßen.

Mindestens dreißig Mal war das Flugzeug in der letzten Stunde in das Hochhaus geflogen.

Da knallte die Haustür. Ich hatte sie heftig hinter mir ins Schloss fallen lassen.

Mark zuckte zusammen.

»Hallo, Mami, da ist was los!«, rief er in meine Richtung.

Ich reagierte nicht, sondern ging wie jeden Abend zuerst an den PC, um meine E-Mails zu lesen. Ich hatte länger als üblich gearbeitet und war irgendwie abwesend.

»Mami!«, rief Mark.

Als ich immer noch nicht reagierte, kletterte er auf das Sofa, sprang an der Rückwand herunter und stieß dabei mehrsilbige Laute aus, die wie ein Indianerschrei klangen:

»Habdadodo, habdadodo, habdadodo!«

Er wusste, dass ich das nicht leiden konnte. Aber er musste unbedingt meine Aufmerksamkeit erregen.

»Mami«, schrie er noch einmal: »Alle Sender bringen das Gleiche, sogar das Kinderprogramm.«

Endlich sah ich hinüber. Die Bilder im Fernsehen erinnerten an einen Katastrophenfilm.

»Schalte diesen Blödsinn sofort aus«, rief ich in scharfem Ton. Mark durfte keine Katastrophenfilme sehen. Er hatte dann regelmäßig böse Träume und flüchtete sofort in unser Bett.

Mark reagierte, wie üblich, nicht auf meine Aufforderung. Stattdessen rannte er durchs Zimmer, hinaus in den Garten und wieder zurück. Er sprang über das Sofa, stieß dabei einen Stuhl um und rief neuerlich:

»Habdadodo, habdadodo!«

Zurück im Wohnzimmer schlug er mit rhythmischen Handbewegungen auf das Sofa, gleichsam die Anspannung aus dem Fernseher auf das Sofa übertragend.

»Habda, habda, habda, sag ich doch!«, schrie er mich nun beinahe an. Meine Nerven lagen blank.

Inzwischen steuerte mein Sohn mit weit ausgebreiteten Armen, den Kopf voran, senkrecht die Wand entlang. Er war jetzt ein Flugzeug.

»Hör auf damit, hör sofort auf damit!«, schrie ich völlig entnervt: »Wo sind deine Hausaufgaben?«

»Habdadodo, habdadodo«, wiederholte Mark, nun leiser geworden.

Er blickte mich gespannt an. Kapierte seine Mutter wirklich noch immer nichts?

»Mami, du musst endlich meine Habdadodo-Sprache lernen, dann kannst du mich besser verstehen. Sie ist auch ganz leicht, nur habdadodo oder habda oder dodo«, meinte er ernst und deutete auf den Bildschirm.

Nun sah ich endlich genauer hin.

Gerade war New Yorks Bürgermeister Giuliani ins Bild gekommen, der zu Solidarität mit den Opfern aufrief.

Ich starrte mit entsetzt geweiteten Augen auf den Schirm. Das war echt.

»Wird es Krieg geben?«, fragte Mark.

Ich schwieg.

»Habdadodo, habdadodo«, murmelte Mark und ging aus dem Zimmer.

Er hatte mit seinen sieben Jahren bereits ein ausgeprägtes bildhaftes Vorstellungsvermögen und konnte ausgezeichnet zwischen Fiktion und Realität unterscheiden. Dazu kam ein ungewöhnliches Verständnis der abstrakt-sozialen Zusammenhänge, die er oft blitzschnell richtig analysierte. Da er seine Schlussfolgerungen dann in der Habdadodo-Sprache verfasste, konnte weder ich noch mein Mann ihn verstehen.

Am nächsten Morgen erklärte die Lehrerin den Kindern die Ereignisse in New York – einfach, aber durchaus drastisch. Sie erzählte von den vielen Menschen, die in den Türmen gearbeitet hatten und darum sterben mussten. Von den Feuerwehrmännern, die bei dem Versuch, die Menschen zu retten, verbrannt waren. Von den kleinen Kindern, die nun ohne ihre Väter leben mussten – und manchmal auch ohne ihre Mütter, wenn diese sich in den Türmen aufgehalten hatten oder an Bord eines der Flugzeuge gewesen waren.

Mark hatte das alles an jenem Nachmittag bereits auf CNN gesehen und genau erklärt bekommen. Er wusste über die Bauweise der Twin Towers, die Statik, Bescheid, und wie und warum die Türme gefallen waren. Die Reporter hatten das alles ausführlich erklärt.

Mark starrte vor sich hin und dann beim Fenster hinaus. Schließlich sagte er laut:

»Das weiß ich schon alles!«

Seine Lehrerin, Frau Gabriele Roth, war eine energische Frau, Anfang dreißig, mit langen schwarzen Haaren. Sie tat so, als ob sie ihn nicht gehört hätte. Am Ende des Unterrichts sollten die Kinder ein Bild von dem Ereignis anfertigen, so wie sie sich in ihrer Fantasie den Hergang ausmalten.

»Wir hängen die Zeichnungen dann an der Wand vor der Klasse auf«, versprach Frau Roth.

Die Zeichnungen der Kinder waren bunt. Man sah die Skyline von New York aus verschiedenen Perspektiven, große Schiffe vor dem World Trade Center, Segler, voll besetzte Flugzeuge, die gegen Hochhäuser flogen, Feuerwehrmänner mit Helmen und langen Wasserschläuchen – und kleine Kinder, die weinten. Die Wolkenkratzer waren mit Fenstern und hohen Kaminen versehen. Bei einigen konnte man sogar die Vorhänge hinter den Fensterscheiben erkennen.

Marks Arbeit war ein schlichtes Schwarzweiß-Bild. Die beiden Towers waren beinahe perspektivisch dargestellt, mit skizzenhaften Fenstern und mit schwarzer

Ölkreide ausgemalt. Auf dem oberen linken Rand des einen Gebäudes konnte man fünfzehn winzige Punkte erkennen: die hinunterspringenden Menschen, die auf den Fernsehschirmen nicht anders zu sehen gewesen waren. Das Flugzeug verschwand gerade in einer dichten Rauchwolke, dargestellt durch kleine, mit schwarzer Ölkreide gemalte konzentrische Ringe.

»So, du weißt also alles?«, sagte die Lehrerin scharf und warf einen Blick auf Marks Arbeit.

»Wenn du alles schon gesehen hast, kannst du mir sicher sagen, was dieses Geschmiere hier soll! Nimm dir ein Beispiel an den wunderschönen Zeichnungen der anderen Kinder.«

Mark blickte verschämt auf das Blatt nieder. Er begriff nicht, weshalb er so hart gerügt wurde. Er hatte sich so große Mühe gegeben, fand er. Fenster und Menschen auf seinem Bild waren fast maßstabgetreu gezeichnet, Angst und Schrecken der Szenen durch unterschiedliche Schwarzschattierungen angedeutet. Im Fernsehen war doch auch alles dunkel gewesen.

Die Leute aus den Bildern hatten, wie er sich erinnerte, keine blauen Anzüge und Krawatten angehabt.

Und rote Vorhänge vor den Fenstern waren schon gar keine zu sehen gewesen.

Marks Bild war schwarz.

Schwarz und traurig wie der 11. September 2001.

Und obwohl Marks Bild ganz und gar realistisch war, wurde es nicht im Korridor aufgehängt.

»Ich bin eben ein schlechter Zeichner«, dachte Mark bei sich, während er neben Dr. Friedmann einhertrottete.

»Komm«, meinte Dr. Friedmann nachdenklich: »Komm, wir machen Schluss für heute. Ich bring dich nach Hause. Bei dem Wetter will wirklich niemand heute Nacht draußen sein.« Dankbar nahm Mark das Angebot an.

*

Eine halbe Stunde später läutete er schon an unserer Haustür. Während er den frischen Neuschnee abschüttelte, wirkte er nachdenklich. War er nur erleichtert, weil er dem Schneesturm entkommen war, oder hatten ihn das lange Gespräch und Friedmanns Verständnis für seine schwierige Vergangenheit froh gestimmt?

Gefahr in Verzug

Das Gepardenjunge war nun knapp 20 Monate alt und lief noch immer neben der Mutter her. Es wog schon 18 Kilogramm und hatte den typischen Haarschopf seiner frühen Kindheit verloren. Die letzten Wochen hatte es mit dem Erlernen der Jagd, dem Zerlegen der Beute und dem Überleben in der Steppe verbracht. Nun war es fast ausgewachsen und seine Beutelust wuchs von Tag zu Tag.

Der Gepard ist das schnellste Tier der Welt. Er kann innerhalb weniger Sekunden seine Geschwindigkeit aus dem Stand bis zu 110 km in der Stunde steigern, was ihm erlaubt, jedes flüchtige Tier in der Savanne einzuholen. Unser Jungtier war dazu noch nicht in der Lage. Der Gepard ist ein Läufer, in der groben Kraft jedoch anderen Raubkatzen klar unterlegen. Manches Mal wird er sogar zur Beute.

Die Sonne stieg langsam über den Horizont herauf und überflutete die Steppe mit ihrem warmen orangeroten Licht. An diesem Morgen hob der junge Gepard vorsichtig den schmalen Kopf und zog den Duft der Savanne tief in sich ein. Sein Blick fiel auf die im Schlaf dahingestreckte Gestalt der Gepardenmutter. Ihr blassgelbes Fell war gesprenkelt mit den runden schwarzen Flecken, ihr Körper lang gezogen, schlank, sehnig, ohne ein Gramm Fett zu viel. Ihre Vorfahren waren durch die Steppen Afrikas, vom Kap der Guten Hoffnung bis zum Mittelmeerraum, von der Arabischen Halbinsel bis nach Afghanistan gezogen. Schließlich hatten sie sich in die Jagdgebiete von Ostafrika, Namibia und Botswana zurückgezogen. Hier gab es auch heute noch genug Großwild zu jagen.

Der junge Gepard war unruhig an diesem Morgen. Er stieß seine schlafende Mutter mit der Nase an, um sie zu wecken. Irgendwo, weit entfernt, war dumpf ein Löwe zu hören, der seinen Gebietsanspruch geltend machte.

Der junge Gepard starrte auf eine Herde Weißbartgnus, die in der Nähe friedlich frische Gräser ästen.

Er wollte jagen.

Vorsichtig hob die Mutter nun den Kopf und sah um sich. Im nächsten Moment hatte sie die Witterung der Gnus aufgenommen. Ein Blick auf das Jungtier zeigte ihr seine Unruhe. Sie wusste aus Erfahrung, dass Gnus für Geparden eine schwierige Beute waren, und zögerte noch. Zudem war es gefährlich an diesem Morgen in der Steppe. Sie hatte den Löwen rufen hören und versuchte ihr Junges zu warnen.

Doch sein Jagdtrieb war stärker, der junge Gepard wollte nicht mehr warten.

Langsam, wie es ihm seine Mutter beigebracht hatte, bewegte er sich in Richtung der Gnus. Sein Körper bebte.

*

Schon hatte er ein Tier aus der Herde ausgewählt. Langsam, ganz langsam bewegte er sich auf es zu. Und dann, nur zirka fünfzig Meter vor dem Ziel, sprang er hoch und flog mit einer ungeheuren Geschwindigkeit auf das flüchtende Gnu zu.

Sekunden später hatte er es eingeholt. Mit aller Kraft spannte er seinen Körper, machte einen gewaltigen Satz und streckte das Gnu mit der Vorderpfote nieder. Dann sank er zu Boden und blieb völlig erschöpft neben der Beute liegen. Dabei bemerkte er den herannahenden Löwen nicht. Dieser stürzte sich gierig auf das frisch erlegte Gnu und traf dabei mit seinen scharfen Krallen die Vorderpranke des jungen Geparden. Blut rann über sein linkes Bein. Schmerzen und Wut machten ihn bewegungsunfähig. Er hatte versagt.

Zu alledem kam die Angst. Schon oft hatte er einen Löwen einen jungen Geparden reißen sehen. Doch plötzlich war seine Mutter bei ihm und stellte sich schützend vor ihr Junges.

Die beiden Geparden hatten Glück.

Den Löwen interessierte nur die frische Beute, er schlug seine schweren Pranken in das Fleisch und machte sich genüsslich über das unverhoffte Mahl her.

Wütend vor Schmerzen und Hunger zog sich der junge Gepard im Schutz seiner Mutter in die Steppe zurück.

Er hatte noch viel zu lernen.

Lehrer und Schüler

Es dauerte einige Tage, bis Mark und Dr. Friedmann wieder zusammentrafen. Das Wetter hatte sich gebessert, der Schneesturm war einem strahlend blauen Himmel und klirrender Kälte gewichen.

Wegen des Frostes ließ Mark das Nachmittagsprogramm ausfallen und beschloss, bei Friedmann vorbeizuschauen.

Sein Softwareprogramm funktionierte einwandfrei, wie er feststellte.

»Hätten Sie Zeit für ein Spiel?«, fragte er seinen Lehrer.

»Klar«, gab der zurück und legte die Testarbeiten der 7b zur Seite.

Nach kurzer Zeit waren die beiden wieder in ihr Spiel vertieft. Erst nach einer Stunde machten sie eine Pause.

»Möchtest du einen Orangensaft oder eine Tasse Tee?«, fragte Friedmann. »Wenn du willst, kannst du auch weitererzählen.«

Mark nickte, kaum merklich, zum einen weil er in das Spiel vertieft war, zum anderen weil er sich nicht sicher war, ob er weitererzählen wollte. Es war nicht gerade angenehm, an früher erinnert zu werden.

Bei Schuleintritt war Mark knapp einen Meter groß.

Er wog 22 Kilogramm. Das volle lockige Haar hatte er von mir geerbt. Die dunkle Hornbrille ließ ihn mitunter ein wenig zu ernst erscheinen. »Damit siehst du sehr klug aus«, hatte die Großmutter immer gesagt. Mark störte die Brille nicht. Schließlich konnte er damit gut sehen. Als Säugling hatte er stark geschielt, und auch noch im Kindergarten gab es manchmal Probleme beim Zeichnen.

»Die Brille solltest du weiterhin tragen, auch wenn du schon sehr gut ohne sie sehen kannst, besonders am Computer oder beim Lesen«, hatte ihm seine Augenärztin erklärt. Das hatte er akzeptiert.

»Astigmatismus«, war ihre Diagnose gewesen.

Dauernd gab es dagegen Schwierigkeiten mit Marks Kleidung, da er die Sachen erst anzog, wenn schon ein Glanz von Patina an Hosen und Hemden zu sehen war. Trug er neue Jeans, so vergingen nur ein paar Wochen, bis sich Löcher an den Knien zeigten, oder er schnitt kurzerhand welche hinein.

Schöne Sachen ließ er einfach im Kasten liegen. Am ersten Schultag stand er dann allerdings doch hübsch gekleidet und mit einer wunderschönen, roten Schultüte bestückt vor dem großen Schulhaus.

Die Schule war ein graues Gebäude, eher Furcht einflößend als einladend. Dahinter lag ein Hof, wo die Kinder im Sommer unter Aufsicht die große Pause verbrachten.

Innerhalb der Schule gab es viele Regeln und Verordnungen, und wer sich nicht daran hielt, wurde bestraft.

So mussten sich die Kinder morgens vor dem Unterricht in der Halle versammeln und beim Läuten in Zweierreihen in die Klassenzimmer in den oberen Etagen gehen.

Dabei kam es unter den Jungen täglich zu Wettkämpfen und Raufereien um den ersten Platz. Die Kleinen wollten sich nicht abdrängen lassen. So begann hier, in der Vorhalle, der tägliche Konkurrenzkampf. Mark rannte immer mit den Ersten in Richtung Klasse.

Oft wurde er dabei von den anderen Kindern umgeworfen, an die Mauer gedrängt und kam schließlich doch als Letzter oben an. Bald sollte er selbst das Abdrängen und Umwerfen erlernen, noch zählte er aber zu den Schwachen.

In seinen Vorschuljahren war Mark ein zufriedenes, aufgewecktes Kind gewesen. Er besaß einen feinen Sinn für Humor und fürchtete sich vor rein gar nichts. Er war für jeden Schabernack zu haben.

»Er ist weit für sein Alter«, sagten die Großeltern immer wieder. »Er wird Mathematiker«, prophezeiten sie voller Stolz. Seit frühen Kindertagen hatte er sich angewöhnt, in Zahlangaben zu sprechen.

»Ich habe noch fünf Meter«, sagte er, wenn er meinte gleich zu Hause zu sein.

»Zahlen kann man besser verstehen«, erklärte er seiner verwunderten Umgebung.

Kritik ertrug Mark allerdings nur sehr schlecht, was ihn in der Schule sehr verletzlich machte, da Frau Roth mehr kritisierte als lobte.

Die Schultüte war bald in einer Ecke des Kinderzimmers verschwunden, und Mark ging wieder seinen alten Gewohnheiten nach.

Er liebte seine schmuddeligen Jeans und T-Shirts. Je älter desto besser. Seine Hosen waren ausgefranst und vom vielen Waschen ausgebleicht.

Ich konnte es nicht leiden, wenn er in solchen Klamotten herumlief, schon gar nicht in der Schule.

»Die Schule ist auch nichts Besseres«, pflegte Mark zu protestieren.

Manchmal stopfte er auch die alten Jeans heimlich in die Schultasche, um sich dann zu meinem großen Ärger in der Schule umzuziehen.

Weder Frau Roth noch Frau Direktor Halboro duldeten schlampige Kleidung, sodass ich häufig in die Schule zitiert wurde; natürlich immer mit einer anderen Begründung.

Zu Hause gab es dann Zoff, was ihn aber nicht davon abhielt, am nächsten Morgen in der Schule erneut die neuen gegen die alten Jeans zu tauschen. Ich fand später die wunderschöne neue Hose neben alten Sandwiches und schmutzigen Servietten zusammengeknuddelt in seiner Schultasche.

Mark verstand nicht, was an diesen Bekleidungsfragen so wichtig sein sollte.

Er fand seine alten Sachen einfach bequemer und verstand das Geschrei um die Kleidung nicht.

Schließlich war er kein Mädchen.

Frau Roth, seine Lehrerin, konnte man als konservativ im herkömmlichen Sinne bezeichnen.

Sie hob bei ihren Schülern stets die schlechten Seiten hervor. Ich bemühte mich im Gegenzug, der Lehrerin Recht zu geben.

»Das ist das Beste für dich«, pflegte ich auf Marks Einwände zu erwidern.

»Bloß keinen Ärger mit der Schule«, war mein Credo.

»Du glaubst immer den anderen«, griff Mark mich an, wenn ich ihn zurechtwies.

»Ich kann dich nicht verteidigen, wenn du uns immer wieder Probleme machst.«

»Aber die anderen machen doch auch Probleme und werden nicht bestraft«, rief Mark weinend. Er zeigte schon sehr früh einen sehr feinen Gerechtigkeitssinn.

»Okay«, lenkte ich schließlich ein: »Das nächste Mal, wenn die Lehrerin etwas gegen dich hat, werde ich ihr meine Meinung sagen.«

»Was willst du ihr denn sagen?«, fragte Mark hoffnungsvoll.

»Ich werde ihr sagen, dass mein Kind stört, weil es sich eben langweilt.«

Mark war für seine Lehrerin ein Problem. Er störte den Unterricht, geriet immer wieder in Konflikt mit seinen Mitschülern, rief ungefragt hinaus und war sichtlich böse, wenn er nicht oft genug aufgerufen wurde.

Mark mochte gleichaltrige Kinder nicht besonders. Er

wusste mit ihnen nicht viel anzufangen. Er spielte lieber mit Älteren, oder er blieb allein.

»Die verstehen mich ja doch nicht! Sie hänseln mich auch immer«, beschwerte er sich dann bei mir.

Manchmal war er vollkommen in sich gekehrt und ließ sich nicht aus seiner Zurückgezogenheit hervorholen.

Gehorchen konnte Mark schon gar nicht!

Er war in der Tat ein schwieriger Schüler.

Nicht lange nach Schulbeginn wurde ich zu einem Elterngespräch geladen. Mark hatte sich besonders schlecht benommen, Mitschüler und Lehrer genervt und während der Religionsstunde seine Lehrerin mit unhöflichen Bemerkungen über ihren langweiligen Unterricht beleidigt.

»Ein Zufall muss es gewesen sein, dass gerade ein Asteroid herunterfiel, als die Hirten vor Betlehem arbeiteten, und Engel gibt es schon gar nicht!«, hatte er der Religionslehrerin ins Gesicht gesagt. Schließlich soll er sogar auf die Lehrerin losgegangen sein, weil sie seine Sterne auf dem Bild kritisiert hatte.

»Ihr Kind ist kritikunfähig und kann sich nicht unterordnen. So etwas ist uns wirklich noch nicht passiert!«

Hätte ich denn erwidern sollen, dass der Stern von Betlehem tatsächlich nach den letzten Forschungen ein Asteroid gewesen war und dass es vermutlich keine Engel gäbe? Ich fühlte mich hin und her gerissen. Sollte ich zu meinem Kind stehen oder sollte ich den Lehrern Recht geben?

Schließlich entschuldigte ich mich bei der Religionslehrerin für Marks Verhalten und versicherte ihr, dafür zu sorgen, dass dies nicht mehr vorkommen würde.

Warum in aller Welt hatte er sich nur mit der Lehrerin angelegt? Und warum konnte man nicht akzeptieren, dass Kinder manchmal Dinge sagten, die man nicht hören wollte.

»Vielleicht hat er sich einfach gelangweilt«, wandte ich zaghaft ein. »Was heißt hier gelangweilt!«, die Stimme der Lehrerin wirkte klar und bestimmt. »Ihr Sohn kommt im Unterricht nicht mit. Er ist im besten Fall ein mittelmäßiger Schüler, stört die meiste Zeit über nur. Seine Kenntnisse sind katastrophal, er wird maximal ein Genügend bekommen. Sehen Sie sich doch seine Diktate an!«

»Nicht jeder Akademiker muss unbedingt kluge Kinder haben«, schien Frau Roth bei sich zu denken. Laut sagte sie: »Ihr Kind macht mir meinen Unterricht kaputt!«

»Sie sagt, du passt nicht auf, rufst dauernd heraus«, erklärte ich Mark später und gab eine gemilderte Version der Rüge weiter, die ich zuvor von der Lehrerin hatte einstecken müssen.

»Wenn man etwas denkt, im Kopf, muss man es doch sagen«, gab das Kind ratlos zurück. Mark musste sich immer bei allem etwas denken.

Und in derselben Woche kam es zu einem weiteren Zwischenfall, sodass Mark binnen kürzester Zeit wiederholt zur Direktorin zitiert wurde. Es hatte während der großen

Pause wieder einmal Ärger mit anderen Schülern aus der dritten Klasse gegeben. Sie waren alle von einem Abhang gesprungen, und jeder hatte versucht, den anderen an Waghalsigkeit zu überbieten. Keiner hatte die Rufe der Aufsichtsperson gehört. Als diese dann rigoros einschritt, riefen sie alle durcheinander: »Mark war es. Mark hat uns angestiftet!«

Da Mark zu allem Überfluss auch noch in eben jenem Moment gesprungen war, in dem die Lehrerin dem Treiben ein Ende setzte, schien die Sache klar. Er musste also in die Direktion, um seine gerechte Strafe zu erhalten.

Frau Direktor Halboro war eine kleine energische Person mit knallroten Fingernägeln und brünettem Kurzhaarschnitt. Um ihre mangelnde Körpergröße zu kaschieren, trug sie immer hochhackige Schuhe zu eng anliegenden Kostümen.

Da sie Kettenraucherin war, roch es in ihrem Büro ständig nach Nikotin. Die Kinder hatten ihr daher heimlich den Spitznamen Frau Direktor Marlboro gegeben. Mark wurde jedes Mal beinahe übel von dem kalten Rauchgeruch in der Direktion.

Und jetzt musste er wieder gegen diese Übelkeit ankämpfen, als die Direktorin seinem Bericht mit strenger Miene folgte. Am liebsten hätte er kehrtgemacht und wäre aus diesem schrecklichen Zwinger hinausgelaufen. In die Freiheit, wo er nicht belächelt oder beschimpft, gescholten oder eingeengt wurde.

Die Direktorin hörte sich alles stillschweigend an. Sie wusste sich mit diesem Schüler langsam keinen Rat mehr. Sie hatte schon alle ihre pädagogischen Kniffe angewandt, es im Guten versucht, mit mütterlichem Zureden, und im Bösen, mit Strafe und harten Verweisen. Nichts hatte gefruchtet. Dieses Mal setzte es für Mark wieder eine Strafe. Irgendwie musste diesem Kind doch beizukommen sein. Als Mark mit gesenktem Kopf die Tür hinter sich zuzog, ließ sie sich mit einem tiefen Seufzer wieder am Schreibtisch nieder.

Für die Direktorin war Disziplin das Wichtigste. Im Klassenzimmer standen die Bänke in Reih und Glied nebeneinander. Es gab weder Spielecke noch Computer im Raum, wie es Mark aus seinen Vorschultagen gewohnt war.

»Solche Dinge lenken die Kinder nur vom Ernst des Lebens ab«, hatte die Frau Direktor den Eltern gleich am ersten Schultag erklärt.

Trotz seiner guten Auffassungsgabe war für Mark der Schulanfang recht mühsam gewesen. Nicht dass er Probleme mit dem Lernen gehabt hätte, es waren die vielen Regeln, die ihm Schwierigkeiten bereiteten. Mark gehorchte nicht, ordnete sich nicht unter. Stillsitzen konnte er nur, wenn ihn eine Sache wirklich interessierte. Aber was war schon interessant in der Schule? Rechnen fiel ihm ungeheuer leicht, die Zahlen sprudelten nur so durch seinen Kopf, und das Schreiben fand er auch nicht so schwierig. Nur das Lesen machte ihm Probleme, und dies so sehr, dass er kurzerhand darauf verzichtete.

Mark musste zudem ständig irgendwie in Bewegung sein, und da er diesem Drang während des Unterrichtes nicht nachgeben durfte, bewegte er wenigstens seine Zunge. Das heißt, er redete unaufhörlich. Natürlich redete er auch, wenn ihn die Lehrerin nicht dazu aufforderte. Und wenn ihm danach war, ging er auch auf die Toilette, ohne zuvor um Erlaubnis gefragt zu haben.

»Jeder Mensch muss auf die Toilette, da muss man nicht fragen«, erklärte er mir.

Seit frühester Kindheit litt Mark zu allem Überfluss an einer Art taktilen Wahrnehmungsstörung. Ich musste ihm immer Schuhe mit Klettverschluss kaufen, denn er war nicht in der Lage, Schuhbänder zuzubinden. Auch konnte er die Entfernung etwa von Kindern, die sich ihm näherten, nicht sicher abschätzen, weshalb er auf Bewegungen in seiner unmittelbaren Umgebung ängstlich reagierte. Dies machte ihm besonders im Turnunterricht, aber auch bei kleineren Streitereien häufig Probleme.

Seine körperliche Unsicherheit führte häufig zu plötzlichen Abwehrbewegungen und in der Folge zu Konfliktsituationen in der Klasse. Natürlich konnte die Lehrerin die Ursache dieser Reaktionen nicht erkennen und machte Mark für alle daraus entstehenden Auseinandersetzungen verantwortlich. Sie war seit zehn Jahren Volksschullehrerin. Während dieser Zeit hatte sich der Lehrstoff nicht grundlegend geändert. Von modernen Unterrichtsmethoden hielt sie nicht viel.

»Ihr sollt für das Gymnasium reif werden«, predigte sie

ihren Schülern oft. Die Kinder verstanden nicht recht, was sie damit meinte.

Natürlich hatte es immer wieder schwierige Kinder gegeben, aber damit war sie im Großen und Ganzen fertig geworden. War ein Kind aufsässig oder störte es den Unterricht, wurde es zur Frau Direktor geschickt, oder sie ließ die Eltern zu einem Gespräch in die Schule kommen. Diese Maßnahmen hatten ihre Wirkung kaum je verfehlt.

»Du musst lernen, dich unterzuordnen«, erklärte sie Mark wieder und wieder.

»Warum?«, fragte mich Mark dann immer.

Im Abseits

Seit dem Vorfall mit der Zeichnung war alles noch schlimmer geworden.

Bis dahin war es Mark doch immer wieder einmal gelungen, mit seinem enormen Einfallsreichtum und der schnellen Reaktionsfähigkeit Eindruck zu machen. Aber nach der Sache mit der Zeichnung schien sich alles gegen ihn zu verschwören. So kam es ihm jedenfalls vor. Im Werkunterricht warf ihm die Lehrerin vor, er habe die anderen Kinder mit seiner Schere gefährdet.

Er hatte mit Schere und Hammer herumgefuchtelt und nicht auf die Ermahnungen der Lehrerin gehört, die darin eine Gefahr für ihn und auch die anderen Kinder erblickte.

»Ich habe nie jemanden verletzt«, erklärte er mir weinend, als ich ihn deswegen zurechtwies. Und ich musste ihm Recht geben.

Marks Bewegungen waren ataktisch, jedoch kraftvoll. War er hungrig oder fühlte er sich angegriffen, reagierte er besonders stark, wie ein Raubtier, das den Instinkt zur Jagd in sich verspürt. In solchen Momenten konnte sich sein Aktionspotenzial innerhalb von Sekunden von 0 auf 100 steigern. Für sein Umfeld wurde er völlig unberechenbar, voll ungeahnter Kräfte. Dabei fehlte ihm das Selbstvertrauen erfahrener Jäger, denn er war erst sieben Jahre alt. Und doch flößte diese nervöse Getriebenheit den anderen so etwas wie Angst ein!

»Er ist unberechenbar und stört ständig, er gefährdet seine Mitschüler«, flüsterten die Lehrer untereinander. »Er ist sicherlich hyperaktiv!«, stellten manche fest. »Es muss etwas geschehen!«, beschloss die Direktorin bei sich.

Mark begann zusehends unter der Schule zu leiden.

Anfangs hatte er neben einem Mädchen gesessen, aber dessen Mutter hatte sich bei der Frau Direktor beschwert, ihr Kind könne nächtens nicht mehr schlafen, weil Mark es derart irritierte. Daraufhin hatte ihn Frau Roth so weit wie möglich von den anderen isoliert und allein in die letzte Bank gesetzt. Später sollte sich zwar herausstellen, dass familiäre Probleme zu den Schlafstörungen des Mädchens geführt hatten, aber Mark musste trotzdem allein bleiben.

Zuerst hatte sein Pult noch in einer Reihe mit den anderen Pulten gestanden, als er jedoch versuchte, mit seinen Nachbarn in der Habdadodo-Sprache zu kommunizieren, ließ die Lehrerin seine Bank noch ein paar Meter weiter nach hinten schieben, bis er ganz an der Rückwand des Klassenzimmers saß.

Ich bekam von diesen Vorgängen zuerst nichts mit. Erst als ich ihn eines Tages arglos fragte, wer denn sein Banknachbar sei, da begann er aus heiterem Himmel herzzerreißend zu weinen. Unter Schluchzen brach es aus ihm heraus: »Ich bin ganz allein, Mami!« Das versetzte mir einen tiefen Schock. Was war schiefgelaufen? Wieso ausgerechnet Mark? Wie konnte ich meinem Kind helfen? Ich fühlte mich elend und ohnmächtig. Niemand würde verstehen, wie sehr ein Kind unter Einsamkeit leiden konnte. Alle würden mich als hysterisch betrachten.

In der Schule wollte sich Mark um keinen Preis anmerken lassen, wie traurig er war. »Hier hinten höre ich wenigstens nichts und muss mich nicht über die blöde Lehrerin ärgern«, dachte er trotzig. Immer öfter hing er im Unterricht seinen Fantasien nach, immer stärker kapselte er sich ab. Noch war Mark jedoch ein guter Schüler.

Er hatte ein ausgezeichnetes Gedächtnis. Er konnte einen Text blitzschnell auswendig, oft schon vom Hinhören. Diese Fähigkeit wusste er gut einzusetzen. Daher schrieb er Diktate und Rechentests noch einige Zeit fehlerfrei, dann begannen aber die Probleme. Er saß einfach zu weit von den anderen entfernt, um die Lehrerin zu hören und dem Unterricht zu folgen. Und dazu kam natürlich, dass er gar keine Lust dazu hatte.

Zu Hause erzählte Mark sehr wenig von der Schule. In den Pausen spielte er mit den Kindern Gameboy oder Pokémon oder prahlte mit seinen Schachkenntnissen. An den Nachmittagen spielte Mark im Garten oder brütete am Computer. Was immer er tat, er tat es beinahe mit Fanatismus. So brachte er es zum anerkannten Pokémonkönig, zum Gameboyprinzen und zu Hause schlug er bald den Vater im Schach.

Die Pausen nützte er außerdem für seinen Bewegungsdrang. Er lief kreuz und quer zwischen den Bänken hin und her – und brachte vor allem seine Lehrerin zur Weißglut. Zwischendurch warf er wieder die Schultasche auf das Schreibpult. Er schien dauernd unter Strom zu stehen.

Wenn es jedoch um Hausaufgaben ging, reagierte er zunehmend aggressiv. Wir fanden das zunächst nicht überraschend. Welcher Siebenjährige lernte schon gern? »Nach der anfänglichen Begeisterung kommt doch immer die Ernüchterung«, sagte mein Mann, wenn ich ihn darauf aufmerksam machte.

Aber eines Morgens fand ich ihn nach Unterrichtsbeginn zitternd vor Kälte und mutterseelenallein vor dem Schultor. Ich hatte vergessen, Mark das Milchgeld mitzugeben, und war daher noch einmal zurück zur Schule gefahren. Und da saß er vor dem Schultor und weigerte sich beharrlich, das Schulhaus zu betreten. An diesem Tag war ein Schönschreibtest angesagt. Frau Roth würde ihn sicherlich wieder wegen seiner übergroßen Buchstaben rügen. Ich war fassungslos. Mark musste in die Schule, aber ich konnte ihn doch nicht hineinzerren. Seine Lehrerin, Frau Roth, war an sich doch eine vernünftige, ja liebenswürdige Person. Warum dann hatte mein Kind solche Angst vor der Schule? »Du holst dir noch den Tod, hier draußen«, beschwor ich ihn, und endlich, nach einer Weile, ließ er sich von mir in die Klasse bringen.

»Mami, bitte geh nicht weg«, flüsterte er in Panik.

*

»Bei uns gibt es nichts zu fürchten«, erklärte die Direktorin beleidigt, als ich ihr von Marks Ängsten erzählte. Sie war erbost über den neuerlichen Beweis für sein undiszipliniertes Verhalten. Hatte man nicht ohnehin schon eine Engelsgeduld mit diesem schwierigen Schüler bewiesen! Und diese Eltern, die schienen absolut kein Einsehen zu haben! Auch die Lehrerin war dieser Meinung.

»Es muss endlich etwas geschehen!« Frau Roth hatte nun wirklich genug. Sie spürte, die ganze Sache begann ihr zu entgleiten.

Die Direktorin gab ihr Recht. Sie versuchte gerade, sich das Rauchen abzugewöhnen. »Den Dauerstress mit diesem Kind kann ich jetzt wirklich nicht brauchen«, mochte sie im Stillen denken.

Versagt

Mark saß, starr vor Kälte und Scham, die kleinen Finger um Schlittschuhe und Anorak geklammert, auf der Bank vor dem Eislaufplatz. Die Klassenkameraden tollten über die Eisfläche, Mädchen und Jungen in kleine Grüppchen aufgeteilt.

Mark wartete, dass ich ihn abholen kam.

»Du hast hier Platzverbot«, der Platzwart meinte es ernst. »Du gehst mir nie wieder mit«, die Lehrerin starrte ihn erbost an. Neben Mark saß die Mutter eines Mitschülers, die sich bereit erklärt hatte, die Klasse zum Eislaufen zu begleiten.

»Meine Mutter würde nie mitkommen«, schoss es Mark durch den Kopf. »Die arbeitet immer nur.« Er spürte die Abneigung der Frau neben sich, sie würde viel lieber mit ihrem eigenen Kind einige Runden auf dem Eis drehen, als neben diesem Ungeheuer zu sitzen und auf dessen Mutter zu warten. Aber irgendjemand musste schließlich auf ihn Acht geben.

Mark war die ganze Sache unheimlich. Er wollte nicht Eis laufen. Seine Mutter hatte ihn in diese Situation gebracht. Er konnte nicht Eis laufen, die anderen liefen schon seit Jahren, zogen ihre kleinen Kurven und fühlten sich sicher auf dem Eis. Für Mark war es zu einer Tortur geworden.

Allein schon das Binden der Schuhe, wie demütigend für ihn! Und er musste als Einziger die Hilfe der Lehrerin in Anspruch nehmen. Mark kochte, er hasste Unvermögen, ganz besonders an sich selbst. Tapfer kämpfte er sich aufs Eis, krampfhaft mit beiden Armen in der Luft herumrudernd. Niemand war hier, der ihm ein paar aufmunternde Worte gesagt hätte. Da er sich noch nie zuvor auf Schlittschuhen bewegt hatte, begann er, auf dem Eis zu laufen, als hätte er Straßenschuhe an. Dies funktionierte auch ein paar Meter weit, dann aber erreichte er sehr schnell eine Geschwindigkeit, die er nicht mehr bremsen konnte.

Zum Glück war die nächste Absperrung nicht weit, und er krachte mit vollem Tempo dagegen.

Seine Mütze lag irgendwo auf dem Eislaufplatz, die Jacke hing lose an seiner rechten Schulter herab. Sie war an einem Stück Draht hängen geblieben und durch die Wucht des Sturzes quer durchgerissen. Wie beschämend!

Und schon hatten ihn ein paar ältere Jungen erblickt.

»Anfänger, was!«, rief der Erste. »Coole Jacke«, meinte der Nächste.

Mark fühlte die Wut in sich aufsteigen.

»Pech, wenn man´s nicht kann«, meinte ein Dritter.

»Ich kann es«, brüllte Mark über den ganzen Platz.

Aber natürlich konnte er es nicht! Einige unbeteiligte Mädchen begannen zu kichern.

»Dann zeig's doch«, riefen sie alle durcheinander.

So stand Mark noch einmal auf, überwand seine Scham und bändigte seine Wut, und es gelang ihm, mit der Vorderkante der Schlittschuhe genügend Halt zu bekommen, um sich abstoßen zu können und mit einem gewaltigen Schwung loszulaufen.

Es war kein vornehmes Gleiten, sondern eher ein Stolpern auf Schlittschuhen, einer Ente ähnlicher als einem Geparden, die rote Jacke weit offen, die Arme ausgebreitet, bis er schließlich wieder zu Boden stürzte. Ein ganz und gar lächerlicher Anblick.

Er konnte nicht Eis laufen, das war nicht zu übersehen, warum also musste er unbedingt? In wilder Wut gegen sich selbst, die Lehrer, die anderen Kinder zog er die Schlittschuhe aus und warf sie in hohem Bogen von sich.

»Das reicht jetzt!«, die Lehrerin schickte ihn vom Eis. Am Telefon war sie nüchtern und kurz angebunden. Mark solle ihr keine Schande vor den anderen Lehrern machen, und schon gar nicht dürfe er Mitschüler verletzen. Ich möge ihn vom Eislaufen abholen.

Mark hatte niemanden verletzt, nur sich selbst. Aber das war der Lehrerin in diesem Moment gleichgültig.

Eine halbe Stunde später kam ich auf den Eislaufplatz. Ich fand Mark auf der Bank vor dem Platz, die Arme verschränkt, frierend. Und doch: Was für ein Trotz, welch unbeugsamer Stolz in den Augen dieses so kleinen Jungen. Wie wütend kämpfte er um seine Ehre!

Diesen Blick hatte ich schon einmal gesehen, damals war Mark vier Jahre alt gewesen. Er war zum Emmaladen gegangen, um Milch einzukaufen, und hatte auf dem Nachhauseweg das Wechselgeld verloren. Damals hatte er mich mit demselben Blick angesehen: »Ich habe versagt, Mami.« Das Gepardenjunge zog sich in den Schutz der Mutter zurück. Es hatte noch viel zu lernen.

Damals, auf dem Eislaufplatz, nahm ich Mark wortlos an der Hand und fuhr mit ihm nach Hause.

Eine Woche später, Mitte November, machte die Klasse einen Ausflug in das Technische Museum. Endlich etwas, das Mark freute. Er fühlte sich sofort wieder zu Hause. Kaum angelangt, rannte er durch die Hallen, setzte sich in alte Automodelle, versuchte sich an Batterien und Magneten, an Kabelsystemen und Flugsimulatoren. Er hörte weder auf Ermahnungen noch auf die Drohung mit dem Schulausschluss. Er war glücklich. Als man versuchte, ihn zu disziplinieren und auf einen Platz zu setzen, schlug er mit Armen und Beinen ungerichtet um sich und traf eine Lehrperson.

»Hyperaktivität ist eine Krankheit! Ihr Sohn braucht Hilfe«, bemerkte eine aufgebrachte Dr. Halboro am nächsten Morgen. Dieses Mal war sogar mein Mann zu dem Gespräch geladen worden.

Die Direktorin rutschte nervös auf ihrem Stuhl hin und her. Sie fühlte sich sichtlich unbehaglich.

Der Ausschluss eines Schülers, das kam nicht alle Tage vor, das konnte leicht auf den Ruf der Schule zurückfallen.

Mark saß hinter uns und drückte sich gegen die Wand. Er hatte Angst. Er hasste diese Gespräche, dabei fühlte er sich immer ausgeliefert.

»Was habe ich denn jetzt schon wieder falsch gemacht?«, fragte er sich.

Mutter und Sohn

Als ich Thomas Garret kennen lernte, war ich voll und ganz auf meine berufliche Laufbahn konzentriert. Ich stammte aus einer großen Familie und hatte drei Brüder. Als einziges Mädchen, noch dazu die Jüngste, war ich Vaters Liebling gewesen, der als Manager gut verdiente. Ich hatte Philosophie studiert, ehe ich mich für Medizin entschieden hatte. Nach dem Studium war ich in die Zellforschung gegangen. Ich hatte meinen späteren Mann zuerst in Italien getroffen und bald nach der ersten Begegnung hatten wir geheiratet. Beruflich und privat waren wir viel zusammen gereist. Erst spät und nach einigem Zögern hatten wir uns für ein Kind entschieden. Ich war damals bereits Mitte dreißig und in meinem Beruf etabliert. Wir hatten ein altes Haus am Rande der Stadt gekauft, das noch immer nicht fertig renoviert war, obwohl wir seit Marks Geburt daran arbeiteten. Besonders Thomas, dem das als Ausgleich für seinen anstrengenden Beruf nicht selten mehr Spaß machte als die Beschäftigung mit dem Kleinen. Wir führten eine gute Ehe. Am liebsten redeten wir allerdings weiterhin über unsere Arbeit und das Haus.

Bald nach Marks Geburt war ich wieder arbeiten gegangen. Am Institut brauchte man meine Mitarbeit, und ich war froh, noch etwas anderes zu sehen als Windeln und die permanente Baustelle zu Hause.

Ich fand auch bald ein Au-Pair-Mädchen, sodass ich ohne schlechtes Gewissen halbtags an meinen ursprünglichen Arbeitsplatz zurückkehren konnte.

Bis zum Kindergarten war Mark unkompliziert gewesen. Und auch dort gab es wenig Probleme. Obwohl, wenn ich genauer zurückdenke, wollte er schon damals lieber für sich allein bleiben. Freunde hatte er, wenn überhaupt, dann nur ältere. Gleichaltrige Kinder machten ihn eher ungeduldig. »Mami, die sind aber blöd«, pflegte er altklug zu sagen.

Ich fand das zunächst amüsant. Zeit, mit meinem kleinen Sohn auf Spielplätze zu gehen, hatte ich nicht viel. Manchmal nahm ich ein anderes Kind mit, als Spielgefährten für Mark, wenn ich mit ihm an den Samstagnachmittagen in den Tiergarten oder ins Museum ging. Er selbst war jedoch am liebsten zu Hause. Hier bastelte er schon früh seine fantastischen Maschinen aus altem Gerümpel, Holz und Draht.

Mit Marks Schuleintritt begannen dann allerdings die Probleme massiv. Ich musste bald feststellen, dass mein Mann mir dabei keine große Hilfe war, denn er erwartete weiterhin, dass alles mit dem Kind Zusammenhängende von mir organisiert wurde. »Die paar Komplikationen kannst du doch spielend allein lösen«, pflegte er zu sagen. Er war beruflich sehr engagiert, lud gerne Freunde und

Kollegen ein, und in seiner kargen Freizeit betätigte er sich mit Vorliebe als Heimwerker.

Ich fühlte mich mehr und mehr überfordert. Wenn ich mit Thomas meine Bedenken besprechen wollte, meinte er nur: »Lass ihn, das wird schon!«

Einige Male geriet er regelrecht in Zorn darüber, rannte im Wohnzimmer hin und her und schrie, er habe nun genug von solchen Extravaganzen. Ein Kind aufzuziehen könne doch keine so große Kunst sein.

Und überhaupt: Er selbst hätte es nie gewagt, seine Eltern in dem Ausmaß zu belasten wie Mark. Der stand dabei und begriff nicht, warum sein sonst so ruhiger Vater derart außer sich geriet.

Immer öfter in der nächsten Zeit musste ich zwischen den beiden vermitteln. Ich versuchte verzweifelt, die Kluft zwischen Vater und Sohn zu überbrücken. Das Problem lag meiner Meinung nach an der Schule und nicht an Mark, und ich wollte das Glück meines Kindes und das unserer Familie nicht einer bloßen Konvention opfern.

Nichts war mir aber wichtiger als das Wohlergehen meines Sohnes. Und es machte mich daher wütend, dass auch er selbst so uneinsichtig war und sich nicht um Regeln scherte. Ich zum Beispiel hätte es nie gewagt, in derart schäbiger Kleidung in der Schule zu erscheinen, aber Mark kümmerte sich einen Dreck darum. Er hatte ganz andere Interessen. »Ein Tom Sawyer ist er, unser Sohn«, sagte ich manchmal zu den Großeltern mit schlecht verhülltem Ärger.

Mein Mann wurde jedenfalls, je länger die Schwierigkeiten anhielten, umso unzugänglicher. Er blockte immer öfter jede Diskussion ab, wenn es um das Kind ging. Allmählich sah ich ein, dass es keinen Sinn hatte, von ihm Hilfe zu erwarten. Ich musste die Probleme alleine lösen. Offenbar war mein Sohn mit den üblichen Methoden nicht in den Griff zu kriegen. Wenn ich in Wut geriet, reagierte er zunehmend verstockt. Dafür liebte er das Argumentieren, aber wie oft war ich dazu zu müde. Mark hingegen argumentierte, bis er erreicht hatte, was er wollte. Und wenn er nicht gewann, brach er in Tränen aus.

Wie sollte das alles weitergehen?

Der Test

Seit einigen Tagen schneite es immer wieder. Der Neuschnee hatte das Novembergrau verdrängt. Bald war Weihnachten. Die Stadt war geschmückt mit hunderttausend Lichtern. In der Schule war man im Werkunterricht von den herbstlichen Drachen zu Adventkränzen und bunten Sternen übergegangen. Auch Mark bastelte in seiner letzten Bank einsam vor sich hin. Alles schien wie immer. Aber es hatte sich doch etwas ereignet: Mark sollte auf Hyperaktivität getestet werden. Das hatten wir nach den zermürbenden Lehrer-Eltern-Gesprächen beschlossen.

Es war ein Montag, als ich ihn ins Krankenhaus brachte. Mark war müde, hungrig und schlecht gelaunt. Wie immer hatte ich noch einiges zu erledigen. So schafften wir es zwar, zum Termin pünktlich zu erscheinen, aber das Frühstück war sich nicht mehr ausgegangen.

»Wir sind gleich fertig«, sagte die Frau im weißen Kittel, als Mark über Hunger klagte. Margot Spahn hieß sie. Sie war Studentin der Psychologie im sechsten Semester. Sie schrieb gerade an ihrer Diplomarbeit zum Thema Hyperaktivität und Verhaltensstörung.

Ihre Aufgabe im Krankenhaus war es, Kinder mit dieser Symptomatik zu testen und die Auswertung der Chefpsychologin, Frau Dr. Elke Klug, zur Diagnose vorzulegen.

Gleich bei der Begrüßung machte Margot auf Mark einen etwas unsicheren Eindruck. Sie hielt die Hände krampfhaft hinter dem Rücken verschränkt und sah ihm nicht in die Augen. Schließlich streckte sie ihm doch die Hand zum Gruß hin und setzte sich auf einen niederen Schemel neben ihn. »Wir werden jetzt eine Stunde lang miteinander spielen«, erklärte sie. Mark hörte nur mit einem Ohr zu, sein Magen knurrte vernehmlich.

»Ich habe Hunger.« Er wollte ihr das peinliche Geräusch erklären.

»Später kriegst du was«, erwiderte sie, diesmal bereits ein wenig irritiert. Der Junge will sich vermutlich vor dem Test drücken, dachte sie wohl bei sich.

Das Tagesprogramm der jungen Psychologie-Studentin war dicht gedrängt. Sie wollte diesen Test so schnell wie möglich beenden und ihre Diplomarbeit fortsetzen. Und sie machte keinen Hehl daraus. Mark fühlte sich nicht nur hungrig, sondern auch gedemütigt.

»Was wollen die bloß von mir, warum soll ich hier stillsitzen und dieser Frau alle Fragen beantworten. Wollen die mich jetzt prüfen?«, wandte er sich aufgebracht an mich.

Trotzdem ließ er die Prozedur weiter über sich ergehen und beantwortete höflich alle Fragen. Er durfte sich keine Blöße geben, sonst musste er womöglich noch einmal von vorne beginnen. Die Puzzlespiele machten ihm sogar Spaß, im Nu war er fertig. Das Loch im Magen hatte mittlerweile schon die Schmerzgrenze erreicht.

Nun sollte er auch noch lesen.

In seinem Hirn läuteten die Alarmglocken. Lesen war in der Schule immer schrecklich gewesen, die Buchstaben tanzten ihm vor den Augen, die Zeilen gerieten durcheinander, und oft bekam er dabei schlimme Kopfschmerzen. Sie begannen immer vorne an der Schläfe und verteilten sich mit jedem gelesenen Buchstaben über den ganzen Kopf. Dabei sah er kleine Blitze vor seinen Augen, die von Zeile zu Zeile sprangen. Er war froh darüber, dass die Lehrerin ihn in letzter Zeit immer seltener zum Lesen gerufen hatte, genau genommen eigentlich gar nicht mehr.

»Du kannst mit deiner Brille sehr gut sehen«, hatte ihm die Schulärztin vor kurzem erklärt.

Seine Augen funktionierten perfekt, wenn er vor dem Fernseher oder dem Computer saß. Aber er hatte große Schwierigkeiten, Buchstaben hintereinander zu lesen. Mit Zahlen ging es besser, obwohl da schon einmal die 5 vor der 4 oder die 98 statt der 89 zu sehen war. Lesen mochte Mark jedoch überhaupt nicht.

Aber jetzt, hier, was sollte er tun? Margot sah ihn erwartungsvoll an. Der Hunger schwoll wie ein riesiger Bär in seinem Magen an. Er musste da durch. Langsam las er zwei Worte. Sofort waren die Blitze wieder da. Sie sprangen von Buchstabe zu Buchstabe, von Wort zu Wort, von Zeile zu Zeile. Er stockte. Margot wurde ungeduldig. »Dieses Kind kann ja gar nicht lesen«, murmelte sie.

Mark war verzweifelt. Inzwischen hatten sich die Blitze in seinem Kopf zu einem schrecklichen Gewitter geformt. Er sah nur eine Chance: auf der Stelle fliehen. Wie rasend, sprang er von seinem Stuhl auf, rannte in Richtung Tür, riss sie weit auf, sodass sie mit einem lauten Krachen gegen die Wand prallte, und verschwand zwischen den vielen Menschen im Wartesaal.

Die Diagnose, die wir einige Tage später erhielten, war niederschmetternd. Mark litt am so genannten Aufmerksamkeitsdefizithyperaktivitätssyndrom, abgekürzt ADHD genannt. Er war verhaltensgestört und brauchte dringend eine Therapie. Seine Begabung sei höchstens durchschnittlich, so lautete das Testergebnis, und im Lesen lag sein Können sogar noch weit darunter.

Irgendwie gelang es mir, die ärgste Verzweiflung vor ihm zu verbergen, aber dass etwas nicht ganz in Ordnung mit ihm war, schien er an meiner Reaktion abzulesen.

»Bitte, Mami, es ist doch alles nicht so schlimm!«, seine Stimme klang flehend. »Die Puzzles und Zahlen habe ich doch alle richtig gemacht, und rechnen kann ich auch gut, oder nicht?«

»Zahlen, immer nur Zahlen«, entfuhr es mir, und im nächsten Moment brach ich in Tränen aus.

Von den Blitzen in seinem Kopf verriet mir Mark wohlweislich nichts. »Was«, so dachte er, »hätte sie erst dazu gesagt.«

Attention Deficiency Hyperactivity Disorder

Zwei Tage später saß Mark mit meinem Mann und mir in einem kleinen Büro im Krankenhaus und starrte die Wand an.

Frau Dr. Klug, eine muntere Mitvierzigerin mit viel Erfahrung in der Behandlung von hyperaktiven Kindern, erläuterte seine Krankheit. Die junge Psychologiestudentin saß ruhig daneben und nickte von Zeit zu Zeit der älteren Kollegin zu. Manchmal warf mir Mark einen kurzen Blick zu. Ich saß zwischen den beiden Psychologinnen und bemühte mich gefasst zu erscheinen. Nur mein Mann wirkte aufgebracht. Man hatte den Eindruck, dass er den beiden Damen kein Wort glaubte.

»ADHD oder Attention Deficiency Hyperactivity Disorder, ist die häufigste neuropsychiatrische Erkrankung im Kindesalter und wurde in den späten siebziger Jahren erstmals in einem renommierten Wissenschaftsjournal beschrieben«, dozierte Frau Dr. Klug. »Es handelt sich dabei um eine Reihe von typischen Krankheitssymptomen, die zumeist gemeinsam auftreten. Symptome und damit verbundene Probleme können unterschiedlich schwer sein und hängen vom sozialen, intellektuellen und familiären Umfeld des Kindes ab. Bis zu 16 Prozent der schulpflichtigen Kinder können davon betroffen sein. Die Erkrankung tritt erstmals im frühen Kindesalter auf, verliert sich aber zumeist mit steigendem Alter. Seit seiner Erstbeschreibung wurde ADHD viele tausend Mal diagnostiziert, besonders an Jungen.«

»Gibt es in Ihrer Familie andere unruhige Kinder?«, fragte die Psychologin und setzte hinzu: »Die Chance, ein hyperaktives Kind zu haben, ist mindestens fünf Mal größer, wenn es bereits ein solches Kind in der Familie gibt.«

Etwas zögernd schüttelte ich den Kopf.

»Oder war ihr Sohn vielleicht eine Frühgeburt?«

Ich schüttelte wieder den Kopf.

»Natürlich führen auch andere Dinge, wie Rauchen in der Schwangerschaft, zur Hyperaktivität. Aber das«, die Psychologin warf einen kurzen Blick auf die Anamneseunterlagen, »spielt bei Ihnen anscheinend keine Rolle.« Sie blickte wieder von den Papieren auf. Man hätte eine Nadel im Raum fallen hören können.

»Die Hauptsymptome sind Impulsivität, Unaufmerksamkeit und Hyperaktivität«, fuhr Frau Dr. Klug fort. »Wie Sie unschwer an Mark erkennen können, sind diese Kinder motorisch unruhig und unfolgsam. Sie haben Schwierigkeiten, in der Schule ruhig zu sitzen, reden ständig, stören andere, hören selten, was wirklich gesagt wird, verlieren ihre Arbeitsbehelfe, wie Bleistifte, Schulhefte, etc., und wagen sich oft an gefährliche Dinge heran, ohne die

Konsequenzen zu sehen. Manchmal erfinden sie sogar eine eigene Sprache. Im Gegensatz zu gesunden und im herkömmlichen Sinn nur aufgeweckten Kindern können sie sich unschwer länger auf eine Sache konzentrieren. Im Allgemeinen zeigen sie wenig Interesse an ihrer Umwelt. Hyperaktive Kinder haben weder ein besonderes Interesse am Lernen noch an Freizeitaktivitäten. Sie können auch aggressiv sein. Schon im Kindergarten zeichnen sie weniger und sind mehr in Bewegung. In der Schule verstärkt sich dieses Verhalten meistens. Mit steigendem Alter wird die Symptomatik allerdings besser, sodass sich im Erwachsenenalter zumeist nur noch wenige Symptome, wie etwa ein erhöhter Bewegungsdrang, zeigen. Eine gute Therapie kann hier viel helfen. Mark sollte einmal zur weiteren Abklärung in stationäre Behandlung.«

Mark sah mein entsetztes Gesicht. Er hatte genug gehört und stand auf. Sein Stuhl fiel polternd um. Er holte umständlich seine Schultasche, nahm den neuen Gameboy aus der Tasche, drückte die Tasten und rief: »Habdadodo!« Dann sprang er über das auf dem Boden verstreute Spielzeug. Bei all dem ließ er aber Frau Dr. Klug keine Sekunde aus den Augen. Sollte die doch glauben, was sie wollte. Sie würde ihn sowieso nicht verstehen.

»Setz dich augenblicklich wieder hin!«, rief mein Mann in scharfem Tonfall. Mark setzte sich. Denen hatte er es gegeben.

Frau Dr. Klug, ganz Profi, war während der Störung völlig ruhig geblieben. Nun setzte sie ungerührt ihren Vortrag fort. »Die Kernproblematik besteht darin, dass sich unsere kleinen Patienten auf nichts länger konzentrieren können und manchmal auch kognitive, intellektuelle Probleme haben. In manchen Fällen ist die Erkrankung sogar mit einer Minderbegabung verbunden. Da können wir Sie jedoch beruhigen, ihr Sohn hat laut unseren Tests eine durchschnittliche Begabung, mit viel Arbeit kann er sicherlich ein normaler Schüler werden.«

Die Psychologin wirkte nun sehr verständnisvoll. Immerhin musste sie einer Akademikerin die Illusion eines superklugen Kindes nehmen, ja sogar ihr gegenüber Intelligenzprobleme andeuten.

Ich glaubte einen Hauch von Spott in ihrem Gesicht zu erkennen. Mark schien denselben Eindruck zu haben, denn jetzt zeigten sich Scham und Verlegenheit in seiner Mimik.

»Kinder, die am Hyperaktivitätssyndrom leiden, hinken in ihrer sozialen und intellektuellen Entwicklung ihren gleichaltrigen Mitschülern ein bis zwei Jahre hinterher. Die Konzentrationsstörungen können auch im späteren Leben erhalten bleiben. Über die Ursachen dieser Erkrankung gibt es unterschiedlichste Theorien. Untersuchungen anhand einer neuen Technik deuten auf die verminderte Produktion chemischer Substanzen in den Gehirnzellen hin. Aus dem Krankheitsbild kann sich, ohne Behandlung, eine schwere Verhaltensstörung entwickeln. Natürlich müssen wir bei ihrem Sohn zuerst die Diagnose mit einigen Tests und Untersuchungen genauer beurteilen. Die ersten Wochen des Krankenhausaufenthaltes sind dafür vorgesehen. Allerdings scheint mir der Fall hier sehr klar zu sein. Wir erwarten eigentlich keine größeren Schwierigkeiten. Und immerhin: Sie wissen ja selbst, wie er ist, er kann sich im Unterricht nicht zurückhalten, ruft heraus, stört alle anderen – und lesen kann er in der zweiten Klasse immer noch nicht. Ihr Sohn braucht daher dringend diese Therapie. Am besten fangen wir sofort damit an«, schloss sie ihre Ausführungen.

Mark hörte die Worte, ohne deren Tragweite zur Gänze zu verstehen. Was sollte der Quatsch. Er war doch gar nicht so wie diese Kinder, von denen Frau Dr. Klug sprach. »Schachmatt«, dachte er verzweifelt. Er war sich sicher, dass seine Eltern nach all diesen Vorwürfen und Anschuldigungen klein beigeben würden. Die halfen sowieso immer zu den anderen.

Mein Mann und ich blickten einander ratlos und erschöpft an. Während ich gegen die absolute Hoffnungslosigkeit anzukämpfen versuchte, ließ mein Mann keinen Zweifel daran, dass er eine solche Diagnose nicht akzeptierte. »Wenn Mark etwas interessiert, kann er sich sehr wohl konzentrieren. Vielleicht interessiert ihn die Schule oder Ihr Test eben nicht«, hielt er der Psychologin wütend entgegen. Diese war aber bereits mit ihren Gedanken beim nächsten Fall.

Tags darauf nahmen wir Mark aus der Schule und brachten ihn in das Krankenhaus.

Ungleiche Waffen

Der Gepard konnte seine Krallen nicht einziehen wie andere Raubkatzen. Diese Fähigkeit hatte er schon in den ersten Lebensmonaten verloren. Seine Krallen waren stumpf. Jaguar und Panther waren ihm im Klettern weit überlegen. Auch war er nicht so stark wie die jungen Löwen in der Umgebung. Ein Hetzjäger war er, der Gepard, kein Schleichjäger wie die übrigen Katzen, und auf Jagdgeschick und Jagderfolg angewiesen wie kaum ein Raubtier sonst. Und für seine rasende Schnelligkeit zahlte er einen hohen Preis: Da sein Körper ganz und gar auf Geschwindigkeit ausgerichtet war, fehlte es ihm an Muskelkraft. In einem Scharmützel mit anderen Raubkatzen hätte der junge Gepard zweifellos den Kürzeren gezogen. Einer Hyäne gar hätte er seine Beute überlassen müssen, um Verletzungen zu vermeiden. Denn für den Kampf war sein Körper nicht gerüstet. Und sein Brüllen glich viel mehr einem Miauen. Schon sehr früh in der Evolution hatten seine Vorfahren sich von den anderen Großkatzen abgespalten. Sodass jene anderen einander verwandtschaftlich näher zu stehen scheinen als den Geparden.

Die Therapie

Wir meldeten Mark also von der Schule ab und brachten ihn schweren Herzens zur Therapie ins Krankenhaus. Ich hatte ein schlechtes Gefühl dabei. Dieses Gefühl sollte mich nicht trügen, obwohl am Anfang alles glatt zu laufen schien.

Zuerst empfing uns ein freundlicher Krankenpfleger. Er erklärte uns, dass Mark nun einige Wochen hier im Krankenhaus in die Schule gehen würde. Einige Wochen! Beklommenheit stieg in Mark auf.

Er startete zur Tür. Die Klinke war so hoch, dass er sie nicht erreichen konnte. Das Schloss war nur mit einem speziellen Schlüssel zu öffnen. Es war wie im Gefängnis.

Bis zu diesem Tag war Mark sehr behütet aufgewachsen. Kraftausdrücke und Flüche hatte er höchstens im Schulhof gehört und auch dort waren sie eigentlich nicht erlaubt gewesen. Nun wurde er von den ordinärsten Vokabeln regelrecht überschwemmt. Mit der ihm typischen schnellen Auffassungsgabe begriff Mark sehr rasch: Um dazuzugehören, musste er sprechen und handeln wie die anderen. Also eignete er sich im Nu alle gebotenen Flüche und Praktiken an, die ihm halfen, in dieser Einöde zu überleben.

Unter den jungen Patienten herrschte eine strenge Hierarchie, auch dieser Umstand erinnerte an eine Vollzugsanstalt. Die »Neuen« hatten die niedrigste Stellung und mussten sich ihre Position erst erkämpfen.

Es gab viele Kinder an der Station, der überwiegende Teil kam aus schwierigen, oft desolaten Familienverhältnissen mit unterschiedlichsten psychischen und psychiatrischen Störungen.

Die meisten waren Jungen.

Und ein Tag war wie der andere.

Nach dem Frühstück gingen die Kinder in die Schule des Krankenhauses. Das hätte großen Spaß machen können, da die Lehrer in der Regel nur zwei bis drei Schüler zu unterrichten hatten. Aber diese schienen mehr daran interessiert, Ruhe im Unterrichtsraum zu bewahren, als den Kindern etwas Interessantes zu vermitteln. Da die meisten Schüler schwierig im Umgang waren, konnte ein normaler Schulbetrieb nicht ohne Probleme aufrechterhalten werden. Kein Wunder also, dass sie den Unterricht nur halbherzig durchführten.

Mark lernte weder lesen noch richtig schreiben, dafür alle möglichen Verhaltensmuster für den Umgang in einer brutalen Hackordnung. Rechnen konnte er schon vor seinem Aufenthalt im Krankenhaus. Was der Lehrer ihm zur Übung nach dem Unterricht aufgab, interessierte ihn nicht. Mark hatte auch nicht das Gefühl, dass seitens des Lehrers so etwas wie eine emotionale Bindung vorhanden war, eher spürte er kühle Distanz.

Bald hörte Mark vollends auf, sich zu engagieren, und wartete von einem Tag auf den nächsten auf die Entlassung. Nachmittags standen immer Logopädie und Ergotherapie auf seinem Stundenplan, das machte ihm etwas mehr Spaß, da geschah wenigstens etwas. Gab es kein bestimmtes Programm, hielten sich die Kinder in den Krankenzimmern auf.

Mark bekam weder einen Arzt noch Frau Dr. Klug zu Gesicht. Manches Mal konnte er sich mit dem freundlichen Pfleger vom ersten Tag unterhalten, die meiste Zeit aber fühlte er sich allein. Er wurde zunehmend depressiver. In solchen Momenten saß er oft mit geschlossenen Augen unter seinem Krankenhausbett. Hier fühlte er sich sicher. Hier konnte er seinen Tagträumen nachhängen. Er dachte an zu Hause, an seinen Computer und an ein paar schwierige Rechenaufgaben. Manchmal weinte er leise vor sich hin. Laut zu weinen wagte er nicht, da er den Spott der älteren Kinder fürchtete. Das Pflegepersonal fand nichts Ungewöhnliches an seinem Verhalten. Sie beachteten ihn nicht mehr als die anderen Kinder.

… Rechnen, das Einzige, was ihm in der früheren Schule Spaß gemacht hatte. Rechnen und Batterien! Daran dachte er oft und auf seinem bekümmerten Gesichtchen zeigte sich dann jedes Mal ein kleines Lächeln.

Nach Batterien war Mark immer schon verrückt gewesen. Ich konnte ihm keine größere Freude machen, als Batterien zu kaufen. Einmal, als sämtliche Batterien ausgegangen waren, schenkte ich ihm etwas Geld für den Kauf einer neuen Packung. Das war ein richtiges Fest für ihn.

Sofort stellte er Berechnungen an, wie viele Batterien er kaufen konnte, wenn er in den billigeren Supermarkt ging.

Ich habe 50 Schilling (€ 3,63), eine Batterie kostet 15 Schilling (€ 1,09), da kann ich ja drei Stück kaufen. Zwar musste er mir das Wechselgeld zurückbringen, aber trotzdem: Sechs nagelneue Batterien waren in seiner Tasche. Er war damals erst sechs Jahre und sehr stolz auf sich.

Mit den Batterien baute er dann großartige Erfindungen, vom Ufolighter über den automatischen Pokémon-Reiniger, Roboter, Nachtsichtgeräte, automatische Papierschnipsel-Aufheber oder Cousinen-Überwachungs-Satelliten. Mark mochte seine fünfjährige Cousine Chiara, ließ sie aber nur nach genauen Instruktionen mit Sonderpassierschein in sein Zimmer.

Seine Bauwerke hatten damals bereits einen legendären Ruf und rissen Kindergärtnerinnen wie Großeltern zu entzückten Begeisterungsrufen hin. Wir Eltern waren weniger erfreut und reagierten eher mit mühsam verhaltener Wut, wenn er wieder einmal sein Zimmer mit nagelneuen Parkettlamellen für das Büro des Vaters vernagelt oder seines Vaters neue Festplatte fein säuberlich umorganisiert hatte.

Zischend flog ein Schreibblock direkt vor seine Füße und brachte ihn wieder zurück in die Krankenhausrealität. Draußen war gerade ein heftiger Kampf zweier ungleicher Widersacher im Gange. Der Jüngere hieß Jahan. Er war sieben Jahre alt, trug einen alten Krankenhauspyjama und darüber einen noch älteren, völlig ausgefransten Pullover.

Sein Kopf war kahl geschoren, der Läuse wegen, die auch die Ursache für die Rauferei gewesen waren.

»Drecksack, Eierglatze«, hatten die Kinder Jahan genannt: »Ätzend, widerlich, krass!« Nach dem gemeinsamen Mittagessen war der Ton deutlich aggressiver geworden.

Jahan hatte als Tormann versagt. Er war verantwortlich für die 2:6-Niederlage gegen die Kinder aus der benachbarten Grundschule. Jahan war nämlich nicht nur verlaust, sondern auch stark kurzsichtig. Das gab er natürlich nicht zu, weil er um keinen Preis seine altmodische Brille tragen wollte. Jahans Eltern waren vor vielen Jahren zur Arbeit hierher gezogen. Sie hatten die Landessprache nie erlernt und die eigene schon fast vergessen. So wuchs Jahan mit einem Kauderwelsch verschiedener Sprachen und Gebräuche auf. Um nicht aufzufallen, sprach er dann einfach überhaupt nicht, was hatte er auch schon zu sagen? Sein Versagen in der Grundschule hatte ihn schließlich in das Krankenhaus gebracht. Die Verteidigung mit Worten beherrschte er nicht, so begegnete er Aggression von außen seinerseits mit Prügeln. Blind vor Wut und gedemütigt von den Schmähungen seiner Mitpatienten, hatte er den Schreibblock durch den Raum geschleudert und dabei zufällig Mark in seinem Versteck unter dem Bett getroffen.

Mark mochte Jahan, schließlich hatte er selbst auch oft Wohnort und Schulen gewechselt. Aber diese Attacke konnte er sich nun doch nicht gefallen lassen, da er sonst die so mühsam aufgebaute Achtung der anderen verlieren würde.

Gut trainiert in dem neuen Vokabular, schrie er: »Hau ab, du glatzköpfiger Arsch!« und warf Jahan den Notizblock an den Kopf.

Plötzlich kreischten alle durcheinander. Das war sogar für den bis dahin unbeteiligten Pfleger zu viel. Er packte die beiden Streithähne und übergab sie dem Oberarzt. »Zwei Tage Zimmerruhe und eine zusätzliche Therapiestunde für Mark«, lautete das Verdikt.

Mark hörte es durch einen Schleier von Tränen. Er fühlte sich völlig ausgeliefert. Die Eintönigkeit in der Klinik war ihm zur Qual geworden. »Was ist, wenn mich meine Eltern für immer hier lassen?«, ging es ihm ununterbrochen durch den Kopf. Die Vorstellung verfolgte ihn bis in seine Träume. Er verstand die Welt nicht mehr. Was würde er hier schon lernen? Schön Sprechen im Logopädieunterricht und ein wenig Basteln und Spielen in der Ergotherapie. Obwohl es ihm dort immer wieder gefiel, fand er bald heraus, dass ihm das nicht dabei helfen würde, sich draußen wieder zurechtzufinden. Weshalb hatten ihn die Eltern hierher gebracht? Wie konnten sie ihn mit all den fremden Leuten allein lassen. Seine Mutter, warum kam sie ihn nicht öfter besuchen? Er zog sich immer mehr in sich selbst zurück und mied den Umgang mit anderen Kindern. Am liebsten wäre er tot gewesen.

Erwachte er einmal für kurze Zeit aus seiner Lethargie, schlug er wie ein wildes Tier um sich, schrie Ärzte und Pflegepersonal an und attackierte seine Mitpatienten mit den erlernten Kraftausdrücken. Nur wenn ihn seine Mutter über das Wochenende nach Hause holte, war er für kurze Zeit glücklich.

Seine Therapie bestand hauptsächlich aus langweiligen Unterrichtsstunden bei Herrn Robert, dessen Nachnamen er gar nicht kannte, und einer Stunde Ergotherapie nach dem Mittagessen. »Man muss ihn vorerst beobachten«, erklärte mir der Kinderarzt auf meine Anfrage hin. Obwohl ich ihn täglich besuchte, blieb uns beiden wenig Zeit, die wir miteinander hätten verbringen können.

»Sie müssen sich strikt an die Besuchszeiten halten, sonst schadet das den Kindern«, teilte mir Frau Dr. Klug gleich am ersten Tag mit. Aber wie sollte ich das bei meinem anstrengenden Beruf auf die Reihe bekommen. Wieder stürzten eine Menge an Schuldgefühlen auf mich ein. Doch der geregelte Tagesablauf sollte möglichst nicht gestört werden.

»Ihr Kind ist depressiv, dysphorisch, es braucht dringend Psychopharmaka!«, erklärte mir der Oberarzt eines Tages übers Telefon. Zu jenem Zeitpunkt hatte ich schon fast resigniert und aufgehört mich auf mein eigenes Gespür zu verlassen.

Die ständigen entmutigenden Nachrichten, die ich bei meinen regelmäßigen Besuchen zu hören bekam, hatten mich zermürbt. Der Tonfall, in dem die Ärzte und Psychologen auf mich einredeten, wurde immer gereizter.

»Beruhigen sie sich«, hieß es da, »Ihr Kind ist schwierig, aber nicht schwieriger als andere Kinder mit dieser

Störung. Nach unserer Therapie wird es ihm besser gehen.«

Aber es ging nicht besser, es ging immer schlechter.

Der Oberarzt schlug Antidepressiva zur Behandlung von Marks Dämmerzuständen vor. »Er wirkt immer so niedergeschlagen. Die Medikamente werden ihn etwas aufheitern.«

»Antidepressiva, Psychopharmaka!« Die Worte trafen mich wie ein Keulenschlag!

»Das kommt nicht in Frage! Keine Psychopharmaka! Mein Kind ist doch nicht verrückt.« Ich wollte Mark sofort aus dem Krankenhaus nehmen. »Zu Hause wird er sich wohler fühlen.«

»Das steht Ihnen natürlich jederzeit frei«, entgegnete der Oberarzt mit höflicher Süffisanz.

Einige Tage später durfte Mark das Krankenhaus verlassen. Er war immer noch sehr schweigsam und gedämpft, ein wenig war er auch stolz auf mich, so schien es mir. Ich hatte mich erfolgreich für ihn eingesetzt, für ihn gekämpft, und Mark hatte mittlerweile gelernt, was es hieß zu kämpfen.

Er hatte gelernt, listig zu sein und hart. Mark hatte begriffen, wie man auch in der Wildnis überlebt.

Vater und Sohn

Thomas Garret saß mit Mark im Wohnzimmer, vertieft in das Spiel.

»Weil du immer schwindelst!« Mark schrie es wütend heraus und sprang mit Tränen in den Augen vom Spieltisch auf. Mit einer Handbewegung hatte er alle Figuren vom Brett gefegt.

»Schachmatt«, sagte der Vater ruhig. Und dann: »Heb bitte alles wieder auf! Jetzt sofort!«, seine Stimme wurde lauter.

Mark war ein schlechter Verlierer. Er dachte nicht daran, die Figuren wieder aufzuheben. »Heb doch du sie auf!«, rief er trotzig. »Das war nur deine Schuld …«

»Sofort wirst du tun, was ich sage!« Die Geduld meines Mannes war am Ende.

»Revanche!«, verlangte Mark und begann die Figuren langsam wieder auf das Schachbrett zu stellen. Es war doch besser, auf diese Weise das heraufziehende Unwetter zu vermeiden. Mark hasste Befehle, aber mehr als er Befehle hasste, liebte er das Schachspiel mit dem Vater.

»Diesmal gewinnst du nicht«, er blickte seinen Vater herausfordernd an.

Jeder andere Vater hätte seinen siebenjährigen Sohn

gewinnen lassen, nicht so mein Mann. Er dachte nicht daran, nicht zuletzt weil ihn das Spiel mit Mark reizte. Mark war ein schlechter Verlierer, und Thomas wusste das. Sein Sohn musste damit fertig werden. So brachte er ihm also das Spiel bei, und Mark lernte.

Mark verlor und lernte, er verlor und lernte, und dann kam der Tag, an dem er gewann.

Mein Mann war damals 44 Jahre alt und ein international anerkannter Kernphysiker. Vor 20 Jahren war er aus seiner Heimatstadt Baltimore in den USA nach Europa gezogen. Thomas hatte das hitzige Temperament von seiner italienischen Großmutter geerbt. Ein Teil seiner Familie lebte immer noch im Piemont, wo er auch seine Ferien verbrachte.

Thomas arbeitete an einem Kernforschungszentrum, das eine Autostunde von unserem Haus entfernt lag. Darüber hinaus leitete er eine Forschungsabteilung an der hiesigen Universität. Natürlich war er selten zu Hause. An den Wochenenden erledigte er administrative Dinge, zu denen er während der Woche keine Zeit gefunden hatte. Oft bereitete er bis spät in die Nacht Vorträge oder Seminare vor.

Mit dem Computer seines Vaters durfte Mark nicht spielen, und an dieses Verbot hielt er sich auch meistens. Nur manchmal, wenn der Vater vergessen hatte, den PC auszuschalten und somit kein Passwort nötig war, schlich sich Mark heimlich ins Büro und betrachtete die endlos langen Rechenbeispiele, die Zeichnungen von Atomanlagen oder Bilder von Protonen und Elektronen.

Marks Schulprobleme nahm der Vater eher pragmatisch. Von der Hyperaktivitätstheorie hatte er von Anfang an nichts gehalten. »Ein wenig mehr Erziehung würde den Jungen schon wieder zurechtbiegen«, erklärte er mir. Im Großen und Ganzen wollte er mit Marks Problemen aber nicht belastet werden.

»Die Erziehung ist deine Sache«, meinte er oft, »ich habe den ganzen Tag so viel um die Ohren, ich kann mich wirklich nicht auch noch um die Probleme eines siebenjährigen Jungen kümmern. Sei ein wenig konsequenter, dann wird schon alles wieder in Ordnung kommen.«

Er hatte das Studium in den USA ohne Unterstützung seiner Eltern absolviert und war später als Physiker gleich sehr erfolgreich gewesen. Dasselbe erwartete er auch von seinem Sohn. Marks Eskapaden konnte er daher überhaupt nichts abgewinnen. Wenn ihm die Beschwerden zu viel wurden, drohte er, den Jungen in ein strenges geistliches Internat zu schicken. Mark hatte zwar keine Ahnung, was das sein könnte, trotzdem fürchtete er sich entsetzlich davor. Vielleicht ging es da zu wie im Krankenhaus, das er heimlich den »Wutanfallklub« nannte.

Nach dem Aufenthalt im Krankenhaus hatte sich mein Mann in seiner Meinung bestätigt gefühlt. Es gab keine Hyperaktivität, eher war wohl die Mutter zu schwach und zu wenig konsequent.

»Mark ist höchstens etwas hyperkinetisch, hat ein erhöhtes Bedürfnis nach Bewegung, melde ihn doch zu einem Jugendsport an«, riet er mir. »Sicherlich ist er nicht konzentrationsunfähig. Du solltest ihn einmal bei unserem Schachspiel erleben. Er springt auf, geht um den Tisch, redet unentwegt und ist dabei immer höchst konzentriert.«

Thomas war ein leidenschaftlicher Läufer und drehte oft nachts, nach dem Abendessen, noch einige Runden auf seiner Lieblingsstrecke. Er war ein echter Nachtmensch, stand morgens nur mühsam auf und konnte problemlos bis weit nach Mitternacht durcharbeiten. Dadurch sah er Mark sehr selten, denn dieser musste früh zu Bett.

Außerdem war Thomas ein leidenschaftlicher Hobbykoch. Sein Vater hatte ein kleines italienisches Restaurant in einem Vorort von Baltimore direkt am Meer betrieben, und Thomas hatte schon sehr früh gelernt, einfache Gerichte zuzubereiten. Er genoss es als kleiner Junge, seinem Vater beim Kochen der italienischen Spezialitäten zuzusehen, später, im College, kochte er für alle seine Freunde. Auch Mark liebte es, wenn er seinem Vater beim Kochen zusehen durfte. In solchen Augenblicken war er stolz auf seinen Vater. Auch nach unserer Hochzeit fand mein Mann immer reichlich Gelegenheit, seinem Hobby zu frönen. So wurde etwa zu Ostern nach orientalischen Rezepten ein junges Lamm gebraten, das Ende des Studienjahres feierten wir mit Eisvariationen und im Herbst kamen verschiedene Wildgerichte auf den Sonntagstisch.

Aus seiner Heimat hatte Thomas den Brauch mitgebracht, zu Thanksgiving Truthahn zu essen, und Halloween wurde mit allerhand schaurigen Kindermahlzeiten, zu denen Marks Spielkameraden eingeladen wurden, gefeiert.

Weihnachten gab es Vanillekekse, Schokoplätzchen, kandierte Früchte und Marks Lieblingsspeise: Kalbsfondue.

Als Verfechter gesunder und fettarmer Speisen bevorzugte Thomas Kalb- und Putenfleisch für seine sonntäglichen Gerichte. Gemüse wurde beim Biobauern gekauft. Zum Braten verwendete er kalt gepresstes Olivenöl aus dem nahen Mittelmeerraum. Als Nachspeise servierte Thomas herrlich duftende Kuchen oder selbst gemachtes Eis.

Thomas kannte unzählige italienische Saucen und Paste, die Mark für sein Leben gern aß.

Von seinem Vater hatte Mark gelernt, welcher Wein zu welcher Speise passte. Vor dem Essen durfte er immer die entsprechende Flasche aus dem Keller holen: schwere Pinot Noirs, Bordeaux oder Cuvees. Nur an heißen Sommertagen und zu frischem Lachs sollte Mark den Welschriesling bringen, der von den umliegenden Weingütern stammte.

Die große Wohnküche war jedes Mal ein unüberschaubares Chaos von Schüsseln und Töpfen aller Art. Mark saß freudig erregt am Küchentisch. Es war Sonntag, elf Uhr Vormittag. Mark trug die knallgelbe Kochschürze seiner Mutter. Die Schürze reichte ihm bis auf den Boden.

Heute sollte es Wiener Schnitzel, Pommes frites und Tomatensalat geben. Zum Dessert hatte sich Mark als Belohnung für seinen ausgezeichneten Rechentest Vanilleeis gewünscht.

Die Tomaten hatte Mark bereits nach Anweisung seines Vaters in dünne, kleine Scheiben geschnitten. Am großen Küchentisch standen drei Teller mit Mehl, verquirlten Eiern und Semmelbröseln. Mark lief das Wasser schon im Mund zusammen.

Noch durfte er die Schnitzel nicht selbst mit dem großen Küchenhammer klopfen. Vorsichtig nahm er daher das präparierte Fleisch aus der Hand seines Vaters und wälzte es in der Schürze mit Mehl. »Gib Acht und verschütte nichts«, ermahnte ihn Thomas.

Anschließend tauchte der Vater das Schnitzel in Ei und Bröseln, damit es nach dem Braten eine schöne braune Panier bekommen würde. Die Pommes frites wurden im Backrohr gemacht. Das Vanilleeis wurde nach einem alten Rezept der Großmutter mit viel süßer Sahne zubereitet und in der Eismaschine eine Stunde geschlagen.

Mark legte eine Portion tiefgefrorene Heidelbeeren aus der Kühltruhe zum Auftauen heraus. Sie würden später perfekt zum Eis passen.

Nun musste nur noch der Tisch sonntäglich gedeckt werden. Das übernahm ich. Mark liebte diese Stunden zu Hause ganz besonders. Er nahm sich vor, später einmal ein berühmter Koch zu werden, oder ein Erfinder – damit hatte er auch schon viel Erfahrung.

Im Moment gab es jedoch andere Probleme. Nach dem Krankenhaus war er einige Tage zu Hause geblieben.

Jetzt wurde es aber allmählich Zeit, wieder zur Schule zu gehen.

In die alte Schule konnte er nicht zurück. Der Lehrer aus dem Krankenhaus hatte der Schule bestätigt, dass Mark sich nicht für diese Grundschule eignete und eigentlich zusätzliche Hilfe benötigte. Außerdem sei ihm diese Schule auch etwas zu anspruchsvoll. Das Urteil seiner früheren Lehrerin war damit also voll und ganz bestätigt. Frau Direktor Halboro verweigerte konsequenterweise seine Wiederaufnahme. »Ihr Kind hat hier eine Geschichte«, erklärte sie, kurz angebunden: Der Weg zurück war versperrt.

*

»Wir haben für dich eine neue Schule gefunden«, eröffnete ihm mein Mann während des Essens die neue Situation. Marks ausgelassene Stimmung verflog augenblicklich. »Ich möchte aber nicht in die Schule gehen, schon gar nicht in eine neue!«, sagte er trotzig.

»Das hast du dir selbst zuzuschreiben«, erwiderte mein Mann. »Wir haben beschlossen, etwas anderes für dich zu suchen. Ich hoffe, du hast deine Lektion gelernt und machst uns in der neuen Schule keine Schande mehr. Mit deiner neuen Lehrerin habe ich schon gesprochen.«

Man konnte es ihm ansehen: Mark fühlte sich elend. Er wäre am liebsten davongerannt, weit weg, hinaus in den Garten oder an seinen Computer. Aber er blieb sitzen. Was sollte er auch anderes tun?

Instinkt

Der junge Gepard lag faul im dichten Gestrüpp und genoss die warme Sonne nach der kühlen Nacht. Ruhig lauschte er dem immerwährenden Konzert der Grillen. Er war jetzt 24 Monate alt und beinahe ausgewachsen. Er wusste, dass er heute nicht zur Jagd gehen würde, aber das machte ihm nichts aus, hatte er doch gerade gestern mit der Mutter ein Antilopenkalb geschlagen. So lag er schnurrend im tiefen Steppengras. Bald würde er seine Mutter verlassen und mit einem Rudel anderer Gepardenmännchen durch die Steppen ziehen. Heute ruhte er sich aus. Die gestrige Lektion war sehr schwierig gewesen.

Der junge Gepard jagte der fliehenden Antilopenherde hinterher. Die Herde wechselte in der Flucht immer wieder die Richtung, was den Geparden zwang, mitten im Flug zu wenden, ohne an Geschwindigkeit zu verlieren. Seine langen Beine und der gerade Schwanz halfen ihm dabei. Der junge Gepard liebte die Jagd. Dennoch überkam ihn mittendrin eine plötzliche Erschöpfung.

Er ließ sich ins Gras fallen. Sein Atem ging tief und schnell. Doch schon sah er seine Mutter in voller Geschwindigkeit auf die Antilope zurasen. Mit einem kraftvollen Hieb streckte sie die Beute zu Boden. Siegreich und gravitätisch blickte sie um sich. Langsam näherte sich der junge Gepard. Diesmal waren keine Löwen zu sehen. Vorsichtig riss er ein Stück Fleisch aus der Beute. Er fühlte den wohlwollenden Blick der Mutter. Beinahe hatte er es geschafft. Es fehlte nur noch ein wenig zur Perfektion.

Die neue Schule

Mark schien die Angst in meinen Augen zu erkennen. Ich hielt wenig von der Entscheidung meines Mannes, protestierte aber nicht, einfach weil ich keinen besseren Vorschlag wusste und weil ich im Innersten froh war, dass mein Mann die Initiative übernommen hatte. Die neue Schule war zu Fuß zu erreichen. Ein Vorteil. »Ein neuer Anfang ist vielleicht gar nicht so schlecht«, versuchte Mark mich zu trösten. Immerhin! Er war gesund. Das hatte man uns versichert, bevor wir das Krankenhaus verließen. Mark litt nicht am Hyperaktivitätssyndrom, sondern war höchstens verhaltensauffällig und brauche, so hieß es, nur noch ein paar Stunden Ergotherapie und regelmäßig Psychotherapie.

Die schulische Leistung sei durchschnittlich, daher würde man leicht eine neue Schule finden. Frau Dr. Klug gab mir beim Abschied eine Liste von Schulen mit. »Sie werden für Mark bald eine geeignete Schule gefunden haben«, meinte sie.

Das Gegenteil trat ein. Niemand wollte ein Kind mit einer Hyperaktivitätsgeschichte haben. Selbst wenn es nur eine Verdachtsdiagnose gewesen war, die Geschichte hielt sich hartnäckig. Obwohl Mark gar nicht hyperaktiv war.

Und mein Mann machte Druck: Kinder müssen in die Schule!

Dabei war er auch nicht besonders wählerisch. »Grundschulen sind eine wie die andere«, pflegte er zu sagen.

»Die ersten Lebensjahre prägen einen Menschen. Gerade die Grundschulzeit ist wichtig für eine gesunde Entwicklung der Kinder«, hielt ich ihm entgegen. »Deinen Sohn nimmt aber niemand, dafür hast du mit deiner Erziehung gesorgt«, schrie Thomas mich wütend an. »Bei uns zu Hause wäre da nie so lange gefackelt worden. Da wäre er schon längst im Internat!« Er holte Luft und schwieg eine Weile.

»Diesmal wird es gut gehen. Er ist nun schon viel ruhiger, Mark hat aus seinen Fehlern gelernt«, meinte er nun, etwas gefasster.

Endlich war ich in meiner Suche erfolgreich. Mark erhielt einen Platz in einer Klasse zugewiesen, wo noch Schüler gesucht wurden. Letzten Herbst hatten sich nur wenige Schüler angemeldet. Unsere Erleichterung war groß.

Am ersten Tag begleiteten mein Mann und ich Mark natürlich zur neuen Schule. Frau Gertrude Laich, seine neue Lehrerin, erwartete uns schon.

Sie war klein, gedrungen, hatte kurzes blondiertes Haar und tief liegende grüne Augen. Sie hatte keine besonderen Hobbys, sonntags ging sie regelmäßig zur Kirche. Ihre Referenzen waren ausgezeichnet. Sie war in Montessoritechnik und Sonderpädagogik ausgebildet und bei ihren Schülern wegen ihrer Milde beliebt. Die neue Klasse war mit zweiundzwanzig Kindern relativ klein.

Die meisten Kids kannten einander bereits aus dem Kindergarten und spielten auch am Wochenende miteinander. Jedes Jahr gab es ein paar Neue, aber im Großen und Ganzen blieb man lieber unter sich. Das schuf weniger Probleme. Frau Laich hatte schon einige schwierige Schüler gehabt, ja, sie war sogar dafür bekannt, mit den Schwierigen gut zurechtzukommen. Sie nahm Marks Hand und sagte freundlich: »Wir zwei werden schon miteinander auskommen! Setz dich inzwischen in eine Bank.«

Dann wandte sie sich an uns Eltern.

»Ich werde Ihren Sohn schon zurechtbiegen. Er ist doch sicherlich ein kluger Junge.« Frau Laich war trotz der vielen Kurse erzkonservativ. Beruflich erfolgreiche Frauen, die auch noch Kinder hatten, waren ihr suspekt.

»Bei so einem schwierigen Kind sollte die Mutter auf ihre Karriere verzichten«, erklärte sie ihrem Kollegen im Brustton der Überzeugung. Natürlich hatte Frau Laich von der Sache im Krankenhaus gehört, und insgeheim legte sie mir das natürlich zur Last.

*

Die Techniken der Montessorischule und der Sonderpädagogik haben gegenüber anderen Unterrichtsmethoden den Vorteil des geringeren Erfolgsdruckes. Werden diese Methoden im Sinne der Schüler eingesetzt, können sie eine echte Verbesserung darstellen, da die Lehrer mehr Gestaltungsfreiheit im Unterricht haben. In manchen Fällen jedoch, so auch in Frau Laichs Klasse, wurde die Verarbeitung des Lehrstoffes den Schülern selbst überlassen, was häufig sowohl zu einer Überforderung als auch zu einer Unterforderung der Kinder führt. Die Geschwindigkeit des Weiterarbeitens im Lehrstoff richtet sich naturgemäß nach den lernschwächeren Kindern.

*

Mark konnte sich von Anfang an nicht mit diesen Unterrichtsmethoden anfreunden. Er liebte die Herausforderung, und bald langweilte er sich wieder in der Schule, diesmal mehr denn je zuvor. Es dauerte daher auch nicht lange, und Mark rief ungefragt heraus, störte den Englischunterricht und hing in langweiligen Mathestunden seinen Tagträumen nach. Frau Laich akzeptierte ein solches Verhalten keineswegs.

»Hier wirst du dich einordnen. Hier werden keine Extrawürste gebraten«, erklärte sie ihm. »Hier sind wir alle gleich, jeder hat das Gleiche zu tun. Ausnahmen akzeptiere ich nicht.«

Ordnete sich einer nicht ein, ging er eben wieder. Aber einen solchen Fall hatte es bisher noch nicht gegeben. Frau Laich liebte das Gleichförmige. Sie hielt das für Gerechtigkeit. Frau Laich war eine sehr selbstbewusste Frau, niemals zweifelte sie an ihren Fähigkeiten.

Marks ausgeprägtes Interesse an Mathematik ignorierte sie, da es nicht in ihr Konzept passte. Seine Probleme in

Lese- und Rechtschreibtechnik führte sie auf die Verhaltensstörung zurück, die ihrer Meinung nach nicht zu übersehen war. Eigentlich gehörte das Kind in eine Spezialschule für Verhaltensgestörte oder sollte zu Hause unterrichtet werden.

»Der kann nicht mit anderen Kindern«, erklärte sie ihren Lehrerkollegen.

»Wenn Sie es sich leisten können, wäre ein Privatlehrer für Mark geradezu ideal«, empfahl sie mir in ruhigem Ton, ohne an seine soziale Entwicklung zu denken.

So lernte Mark wieder nicht lesen!

Da jeglicher Druck im Unterricht fehlte, schaffte er es spielend, seine Leseschwäche zu verbergen. Er las nur das Nötigste, in der Schule praktisch nichts. Zu Hause erfand er allerhand Ausreden und Tricks, um dem Lesen zu entgehen. Gab es eine Lesewiederholung aus dem Deutschbuch, lernte er den Text einfach auswendig. Das gelang ihm sogar bei dem Märchen »Ali Baba und die vierzig Räuber«. Er merkte sich die ganze Geschichte durch bloßes Zuhören bei den Proben. Dabei hatte er selbst nur einen Satz zu sagen: »He, ihr könnt die Pferde zur Tränke führen!« Er war der vierzehnte Räuber und soufflierte allen anderen ihren Text. Manchmal sagte er den Text vor der Lehrerin auswendig herunter, ohne ihn einmal selbst gelesen zu haben.

Frau Laich kam ihm nie auf die Schliche. Sie unterließ es, ihn aufzurufen, da er auf Versagen mit Wut reagierte.

Gab es Textaufgaben im Rechnen zu lösen, täuschte er Kopfschmerzen vor und ließ sie sich von der Mutter vorlesen. Später rechnete er alles im Kopf. Öffentliche Auftritte vermied er durch schlichte Abkapselung, was die Sache für Frau Laich wesentlich vereinfachte.

»So was Idiotisches!«, dachte er manchmal zornig im Mathematikunterricht.

Seine Heftführung, früher vorbildhaft, wurde immer schlechter, und neben der Leseschwäche zeigten sich bald wieder alle Anzeichen seiner Rechtschreibschwäche.

Die Nachmittage verbrachte er vor dem Fernseher, der Computer interessierte ihn nun weniger. Je mehr sich Mark bemühte, durch seine Fähigkeiten im Rechnen bei der Lehrerin Eindruck zu machen, desto mehr schien sie ablehnend zu reagieren. Dieses Kind macht sich ständig wichtig, ging es ihr ununterbrochen durch den Kopf. Und dann noch diese eingebildete Mutter! Was glaubt die eigentlich, wer sie ist? Immer seltener rief Frau Laich Mark im Unterricht auf. Der zog daraus die Konsequenzen. Wenn man es nicht bemerkte, wenn er tüchtig war, dann würde er eben schlimm sein.

*

Am Morgen ging Mark immer widerstrebender aus dem Haus. Seinen Eltern sagte er nichts von den Schwierigkeiten mit der Lehrerin. Sie sollten glauben, es ginge besser in der neuen Schule. Er besuchte Ergotherapiestunden und war einmal wöchentlich beim Psychotherapeuten. Dort baute er hauptsächlich an seinen Kreationen, sodass alle Erwachsenen, ausgenommen Frau Laich, von ihm begeistert waren. Um den Eltern eine Freude zu machen, bemühte er sich immer wieder, gute Ergebnisse bei Rechentests und Diktaten zu schaffen.

*

Dennoch, irgendwann war die Schule zu Ende und die großen Ferien standen vor der Tür. Marks Zeugnis war mittelmäßig. Damit gab er sich zufrieden. Nicht so sein Vater. »Wie willst du je in eine gute Schule kommen, mit solch einem Zeugnis!«, schalt ihn mein Mann entsetzt. »Aber ich kann doch gut rechnen«, verteidigte sich Mark schwach. »Befriedigend steht hier. Und das soll gut sein?«, schrie Thomas wütend. Weinend rannte Mark aus dem Zimmer. Wie sollte ihn sein Vater auch verstehen, der hatte bestimmt nie so viele Dinge in seinem Kopf gehabt.

Einige Tage später fuhr er wie immer in den Ferien zu seinen Großeltern in die Berge. Alles war so wie früher, die Schule zu weit weg, um ihm Sorgen zu bereiten.

Mark war auch in den Ferien aktiv und ständig in Bewegung und nervte damit Großeltern und Freunde. Sie sahen ihn aber nur kurze Zeit im Jahr und nahmen es ihm deshalb nicht allzu übel. Außerdem: In den Bergen durfte Mark rennen und klettern, wie er wollte, er trug ausschließlich alte Klamotten und hatte Freunde um sich, die er mochte. Musste er lesen, was zum Glück nicht allzu oft von ihm verlangt wurde, gab es die üblichen Schwierigkeiten mit Kopfschmerzen und Wutausbrüchen. Die Großeltern waren nach den Ferien mit ihrem Enkel zwar erschöpft, aber sie bewunderten auch seine Energie, seine Kraft, seine vielen Interessen an der Umgebung, an der Natur. Sie nahmen Mark zum Sommertheater mit, gingen mit ihm in Museen und bestiegen alle umliegenden Berge. Mark war ein passionierter Kletterer. Er liebte diese Abenteuer mit den Großeltern.

Im Labyrinth

Am Ende der drei Wochen fuhr er heim. Die Wochen darauf verbrachte er in einem English Camp. Dort kannte er bereits Kinder und Lehrer und fühlte sich rundum wohl. Täglich wurde viel Sport betrieben. Am meisten liebte er technisches Werken. Dabei bastelte er mit seinem schottischen Lehrer Ungetüme und Monstren wie schon in seinen frühen Kindertagen. Hier fand ihn keiner hyperaktiv oder schwierig. Mark war schlicht und einfach ausgelastet. Die Zeit im Camp verging wie im Flug.

Die letzten beiden Ferienwochen wollten wir am Meer in Italien verbringen. »Fünfhundertsiebenundzwanzig, fünfhundertachtundzwanzig, fünfhundertneunundzwanzig«, murmelte Mark vor sich hin. »Was zählst du denn?«, fragte der Vater. Die Fahrt dauerte schon vier Stunden, draußen hatte es 32 Grad Celsius und unser alter blauer Volkswagen besaß keine Klimaanlage.

»Wir hätten doch meinen Wagen nehmen sollen«, ärgerte ich mich. »Und was ist, wenn er gestohlen wird? Mein altes Auto klaut bestimmt keiner!«, gab Thomas zurück.

»Was du da zählst, habe ich gefragt«, wandte er sich gleich wieder an Mark.

»Ich zähle die Autos, abzüglich der Motorräder und Lastwagen«, erklärte dieser. Er zählte immer alles, er liebte Zahlen. Manchmal war er dabei so versunken, dass er seine Umwelt völlig vergaß.

In solchen Momenten schien er ganz in sich gekehrt, kaum ansprechbar.

»Wie weit ist es noch?«, fragte er nach einer Weile. »Wir fahren derzeit mit fünfundneunzig Kilometern pro Stunde. Nach dem letzten Schild waren es noch zweihundert Kilometer bis Venedig«, antwortete Thomas.

»Wie schnell darf man denn hier fahren?«, erkundigte sich Mark. »130 Kilometer in der Stunde«, erklärte ich.

»Wenn du Höchstgeschwindigkeit fährst, kommen wir in eineinhalb Stunden an. Du fährst aber nur fünfundneunzig, da brauchen wir zwei Stunden und zehn Minuten. Wenn wir in einen Stau kommen und du nur fünfzig Kilometer pro Stunde fahren kannst, brauchen wir vier Stunden. Ich werde also besser ein wenig schlafen«, meinte Mark.

»Er kann gut rechnen«, sagte mein Mann nach einer Weile.

»Ich wünschte, er könnte sich so gut verständlich machen, wie er rechnet«, gab ich zurück.

»Na, na, na, so schlimm ist es auch wieder nicht«, meinte der Vater: »Wenn er so gut rechnen kann, wird er dieses Jahr sicherlich gut abschneiden in der Schule.«

»Ich hoffe, du hast recht«, antwortete ich leise.

All die Jahre hatte sich Mark hinter seinen Zahlen versteckt. Während der langen Stunden, die er an seinen Kreationen bastelte, schien er nichts zu hören. Sprach ihn jemand an oder störte ihn, konnte Mark schon als kleines Kind aggressiv reagieren.

»Autistische Kinder sollen überdurchschnittlich gut mit Zahlen umgehen können«, fing ich wieder an, nachdem Mark eingeschlafen war.

»Was meinst du mit autistisch?«, fragte mein Mann erstaunt.

»Ich habe gestern einen Artikel über Autismus und mathematisch begabte Kinder gelesen. Mark hat doch immer schon mit Zahlen jongliert.«

Thomas wurde ungehalten. Er war es leid, dass ich bei dem Kind ständig neue Krankheiten ins Spiel brachte.

»Was hast du denn da schon wieder gelesen?«, seufzte er.

»Autistische Kinder zeigen oft außergewöhnliche Fähigkeiten, mit abstrakten Objekten wie Zahlen umzugehen«, sagte ich jetzt vorsichtig. »Bei Mark ist das auch so.«

»Nicht jedes Kind, das gerne rechnet, ist gleich autistisch«, erwiderte Thomas enerviert.

»Autismus ist eine frühkindliche Erkrankung. Wir haben die Probleme mit Mark erst, seit er in die Schule geht. Auch wenn er schon früher anders war als Gleichaltrige«, fuhr er fort.

»Diese Kinder sollen schwere emotionale Probleme haben.« Ich ließ mich nicht so leicht von meiner Theorie abbringen: »Immer, wenn ich ihn frage, wen er denn gern hat, sagt er: Niemanden. Unser Sohn weint nie, wenn er traurig ist, höchstens reagiert er dann aggressiv. Wirklich traurig war er nur, als sein kleines Kätzchen überfahren wurde.«

»Das ist schon richtig, Mark kann seine Gefühle nicht so gut ausdrücken, das hat er von mir. Ich heule auch nicht gleich wegen jedem Wehwehchen drauflos!«, meinte Thomas.

»Autismus ist aber etwas sehr Ernstes!« Ich begriff nicht, wie mein Mann all das auf die leichte Schulter nehmen konnte.

»Ich lese dir das mal vor, hör doch bitte zu.« Ich kramte in meiner Tasche nach dem Internet-Text, den ich am Abend zuvor ausgedruckt hatte: »Kindlicher Autismus gehört zu den angeborenen Geisteskrankheiten, die im Alter von zirka zweieinhalb Jahren erstmals auftreten. Zu den hervorstechendsten Anzeichen dieser Erkrankung gehören nicht oder schlecht ausgebildete Kommunikationsfähigkeiten, sprachliche Schwierigkeiten, abnormale soziale Beziehungen bis hin zu völligem Fehlen von Einfühlsamkeit sowie Unfähigkeit, Freundschaften zu schließen. Sprechen diese Kinder, hört es sich oft nach Echolalie an. Manchmal erfinden sie eigene Sprachlaute.

Oft vollführen sie stereotype Körperbewegungen, sie haben ein sehr enges Interessenspektrum. Werden diese Strukturen durchbrochen, können autistische Kinder vollkommen aus der Fassung geraten.

Schwere Fälle zeigen eine mentale Retardierung.

Die Krankheit ist häufiger bei Knaben als bei Mädchen anzutreffen. Es werden unterschiedliche infektiöse und neurologische Ursachen für den frühkindlichen Autismus diskutiert.«

Ich musste mit den Tränen kämpfen, konnte mich aber wieder fassen. »Siehst du, es gibt viele Gemeinsamkeiten mit unserem Sohn«, schloss ich verzweifelt.

Thomas schüttelte den Kopf.

»Ich gebe zu, dass Mark Probleme hat, anderen seine Gefühle oder Ängste mitzuteilen. Aber er steckt auch viel Energie in seine fantastischen Kreationen. Manchmal spricht er in diesen Habdadodo-Lauten. Aber Mark ist weder unkommunikativ noch dumm. Er hat einen sehr feinen Gerechtigkeitssinn und viel Humor. Das kann ich in der Beschreibung des autistischen Kindes nicht finden, vielleicht ist das der Schlüssel zum Ganzen, sein feiner Humor. Wenn ich mich genau erinnere, hat er ihn schon eine Weile nicht mehr. Ich glaube, seit der Geschichte mit der Zeichnung. Aber er ist sicherlich nicht autistisch, er kann gut rechnen und ist manchmal etwas in sich gekehrt, das ist alles. Das ist auch so etwas, was viel zu oft diagnostiziert wird – und in vielen Fällen völlig zu Unrecht.«

»Na, hoffen wir es«, meinte ich kleinlaut. Ich fühlte mich nun etwas erleichtert. Nicht zuletzt, weil Thomas sich endlich einmal positiv mit seinem Sohn auseinander gesetzt hatte. Wenn aber Mark weder hyperaktiv noch autistisch war, weshalb war er dann so anders?

Was war mit ihm los, um Himmels willen?

Das dritte Schuljahr

Die großen Ferien waren für Mark aufregend und viel zu kurz gewesen. Er hatte im Urlaub viel Neues kennen gelernt und mit Hilfe seiner Großmutter sogar zu lesen begonnen. Zu Hause stellte er sich das Schrift-Programm am Computer so ein, dass die Buchstaben groß genug waren. Plötzlich waren die Blitze vor den Augen verschwunden und er begann auch allein für sich zu lesen. Er fühlte sich wohl in der für ihn vertrauten Umgebung und war alles in allem glücklich zu Hause. Während des Italienaufenthaltes war er mit den Eltern zuerst nach Venedig gefahren, später durch die Toskana, und schließlich machte die Familie auch noch ein paar Tage Badeurlaub am Lago di Trasimeno bei Rom. Überall gab es köstliches Essen, eine wunderschöne Landschaft und vieles zu zählen und zu berechnen.

Am Schulanfang war Mark entspannt und guter Dinge. »Jetzt kann ich schon lesen. Dieses Jahr wird sicher besser«, erklärte er, mehr zu sich selbst als zu den anderen.

Aber die Lehrerin hatte nichts vergessen. Gleich in der zweiten Schulwoche wurde ich vorgeladen. In dem Gespräch ermahnte sie mich eindringlich, Marks Verhalten genau zu kontrollieren: »Das ist nur zu seinem Besten«, meinte sie in begütigend-herablassendem Ton.

Trotz Marks Bemühungen und festen Vorsätzen, ein guter Schüler zu werden, hatte sich auch im dritten Schuljahr grundsätzlich nichts geändert. Frau Laich beobachtete ihn mit Argusaugen, rief ihn aber kaum je auf oder knüpfte ein Gespräch mit ihm an. Bald benahm sich Mark wieder nervtötend wie eh und je.

Dieses Jahr wurde mehr Englisch unterrichtet. Mark konnte bereits Englisch und störte natürlich die anderen. Er ging von Tisch zu Tisch und besserte in fremden Englischheften fremde Fehler aus, rief ungefragt heraus und antwortete für die anderen.

Nur wenn er rechnete, war er ruhig.

Und nun saß er seit der ersten Stunde allein an seinem Schreibpult in der letzten Reihe und rechnete. Es war kurz vor elf Uhr an diesem Vormittag. Mark rechnete immer noch, emsig schrieb er eine Seite nach der anderen voll.

»Heute könnt ihr einmal zeigen, ob ihr die Malreihen gelernt habt. Wir schreiben sie ins Rechenheft. Jeder rechnet, wie er kann. Dann werden wir sehen, wer von euch Rechenkönig wird«, hatte die Lehrerin in der ersten Stunde zu den Kindern gesagt.

Sofort waren alle an die Arbeit gegangen.

»Bringt die Hefte vor zu meinem Pult, sobald ihr fertig seid«, meinte Frau Laich.

Gleich nach dem Ende der ersten Stunde gaben die schnellsten und besten Rechner ihre Hefte ab. Sie hatten die Aufgabe in gestochen schöner Schrift erledigt. Alle zehn Malreihen waren fein säuberlich untereinander geschrieben. Sie hatten mit 1 x 1 = 1 begonnen und mit 10 x 10 = 100 geendet. Es fand sich kein einziger Fehler unter den Rechnungen. Frau Laich war begeistert.

»Hier haben wir unsere Rechenkönige!«, rief sie.

Eine halbe Stunde später wurden die Nächsten fertig. Die Rechnungen waren nicht untereinander, sondern nebeneinander geschrieben, die Ziffern recht wackelig. Sie hatten einfach jene Aufgaben gelöst, die ihnen in den Sinn gekommen waren. Nach dem Einmalfünf kam das Einmalsieben und gleich darauf das Einmaldrei. Natürlich fanden sich einige Fehler in dem Durcheinander, aber im Großen und Ganzen hatten sie ihre Aufgabe gut gemacht.

»Wer nicht schön schreibt, macht Fehler im Rechnen«, ermahnte die Lehrerin die drei Jungen und das Mädchen. »Diesmal ist es nur ein Rechenprinz geworden«, erklärte sie den etwas enttäuschten Kindern.

Schließlich kam die große Pause. Die Kinder legten die Hefte beiseite und packten ihre Brote aus. Sie widmeten sich emsig ihren Pokémon-Karten und den Harry-Potter-Stickern.

Mark saß noch immer an seinem Tisch und schrieb.

Nach der Pause arbeiteten die Rechenkönige und Rechenprinzen im Nebenraum an ihren bunten Drachen und Ritterkostümen für das kommende Schulfest. Nun saßen außer Mark nur noch Lieselotte, Karli, Kevin und Walter an ihren Plätzen und rechneten eifrig. Frau Laich fand, dass sie für ihre schwächsten Schüler viel Geduld aufgebracht hatte. Sie stand von ihrem Pult auf, ging von

Tisch zu Tisch, wies auf dieses oder jenes und half bei den kniffligsten Problemen. Walter hatte nur noch die Achter- und die Neunerreihe zu machen. Er war heute besonders schnell gewesen.

»Das wird ein Bürgermeister«, meinte Frau Laich lächelnd im Vorübergehen.

Die anderen drei Kinder waren problematischer. In ihren Heften herrschte ein ungeheures Chaos an Zahlen, alles kreuz und quer durcheinander geschrieben, teilweise mit Tintenkiller gelöscht, dann übermalt und anschließend wieder durchgestrichen. Frau Laich sah, dass es keinen Sinn hatte, länger zu warten. Sie würde in den nächsten Wochen viel Zeit damit verbringen, den Kindern alles noch einmal zu erklären.

Gerade wollte sie Lieselotte, Karli und Kevin zu ihren Kameraden schicken, als sich plötzlich Mark von seinem Platz erhob und zu ihr gerannt kam. Den hatte sie völlig vergessen.

Stolz zeigte er ihr sein Rechenheft.

»Ich bin schon bei 99 x 9 und immer noch nicht fertig«, schnatterte er aufgeregt. Frau Laich starrte ungläubig in Marks Rechenheft. Fein säuberlich hatte er damit begonnen, das kleine Einmaleins in das Heft zu schreiben. Nach einer halben Stunde war er bei 9 x 9 = 81 angelangt und offenbar unschlüssig, ob und wie er fortsetzen sollte.

Das Einmalzehn fand er langweilig.

So hatte er beschlossen, mit 10 x 9 = 90, 11 x 9 = 99, 12 x 9 = 108, 13 x 9 = 117 weiterzumachen – und war schließlich bei 99 x 9 = 891 angelangt. Jetzt hatte er genug. Frau Laich starrte noch immer in Marks Heft, blätterte Seite für Seite um.

Mark sah sie erwartungsvoll an. Endlich sagte sie mit einem verdrießlichen Unterton in der Stimme:

»Und das ALLES soll ich jetzt auch noch korrigieren?«

Frau Laich lehnte Mark ab und diese Ablehnung wurde immer deutlicher. Sie half ihm weder bei den Schreib- oder Leseaufgaben, noch lobte sie ihn für seine Rechenkünste. Sie wollte dieses unbequeme Kind schlicht und einfach aus ihrer Klasse haben. »Mit dem werde ich schon noch fertig werden«, dachte sie. Zur Direktorin ging sie nicht. Die war immer auf Seiten der Kinder. Mark schien sie besonders zu mögen, weiß der Kuckuck, warum.

Anders als bei den Hauptfächern gelang es Mark im Turnunterricht nicht, seine Schwächen zu verstecken. Mit acht Jahren konnte er immer noch keine Schuhbänder schnüren, geschweige denn springen oder Purzelbäume schlagen.

Zu Hause spielten all diese Dinge keine Rolle. Stets trug er ja Turnschuhe mit Klettverschluss, und wir verlangten von ihm auch nie, Hampelmann zu springen oder Purzelbäume zu schlagen. Mark war ein guter Schwimmer und Schifahrer und schon seit einer Weile nahm er Eislaufstunden bei Sonja. Sonja konnte immer schon mit Marks motorischen Defiziten umgehen. Sonja hatte vom ersten Moment an verstanden, dass er Hilfe brauchte, beim Binden der Schuhe oder anderen feinmotorischen Tätigkeiten.

Deshalb bereiteten Mark seine Schwächen außerhalb der Schule auch nur selten Kopfzerbrechen. Im Umfeld der Schule dafür umso mehr.

Genau genommen war er noch nie Hampelmann gesprungen. Und im Turnunterricht brachte das ungeheure Nachteile mit sich. Hier herrschte brutale Konkurrenz im Purzelbaumschlagen und Hampelmannspringen.

Von November an wurde für das Sportfest geübt. »Bis nächsten Mai muss jeder eine Doppelrolle, den Hampelmann und eine Übung am Reck können«, verkündete Frau Laich. »Die besten von euch dürfen am Schauturnen teilnehmen. Mathias, zeig den anderen eine Springrolle.«

Mathias sprang, Mark zitterte. Er hatte keine Ahnung von Springrollen und schämte sich.

Als Mark schließlich an die Reihe kam, Hampelmann zu springen, stand er hilflos vor den anderen Kindern, schleuderte die Arme verzweifelt hin und her und spreizte die Beine so weit, dass er das Gleichgewicht verlor und über die ihm zunächst stehende Schülerin stürzte.

Es war entsetzlich!

Mit wachsender Genugtuung hatte ihn Gertrude Laich beobachtet. Sie hatte sich schon längst vorgenommen, ein Exempel zu statuieren. Auch wenn dieser Junge bis 1000 und darüber hinaus rechnete, im Turnen war er eine Niete. Sie würde ihm hier und jetzt vor Augen führen, wer in der Klasse das Sagen hatte. Frau Laich war überzeugt, dass Mark sich mit Absicht so lächerlich anstellte, um sie zu provozieren. Heute würde sie diesem verzogenen Bengel endlich einmal eine Lektion erteilen. Sie kannte Marks Sensibilität, seinen Stolz. Den würde sie ihm heute austreiben.

Sie rief ihn erneut auf.

»Mark, zeig den anderen die Springrolle!«, ihre Stimme klang schneidend. Mark setzte zum Sprung an, senkte den Kopf und sprang in Richtung Bodenmatte. Vor lauter Aufregung vergaß er, sich dabei abzustützen, und fiel polternd auf die linke Schulter.

Den stechenden Schmerz ignorierend, versuchte Mark mit allen Mitteln seine Ehre zu retten, indem er sich nach links abrollte.

Zu seiner Linken stand aber Frau Laich.

Um ihr auszuweichen und sie nicht direkt umzustoßen, bremste Mark scharf und rammte dabei den Jausenwagen. Dieser geriet ins Rollen, streifte die Wand entlang, kippte, fiel um, und alle Kakaotüten und Brötchen landeten auf dem Boden. Mark stürzte mitten hinein in das Tohuwabohu.

Die Kinder begannen johlend zu lachen. In Marks Ohren klang es wie tosendes Hohngelächter. Die ganze Klasse schien sich über ihn zu amüsieren. Er hatte sich gehörig blamiert.

Zitternd lag er da, um ihn herum aufgeplatzte und zerfledderte Tüten und Sandwiches.

Frau Laich kostete ihren Triumph aus. »Was treibst du denn da schon wieder für einen Unsinn?«, rief sie: »Jetzt sammle aber sofort die Brote wieder ein!«

Sie wandte ihm den Rücken zu und ging zu den anderen Kindern. Verzweifelt, blind vor Scham und Wut und ächzend vor lauter Schmerzen in der Schulter, bäumte sich Mark auf und brüllte über den Turnsaal in Richtung Frau Laich:

»Du mieses Arschloch!«

An diesem Tag wurde ich einmal mehr angerufen, um mein missratenes Kind von der Schule abzuholen.

Gegen Abend kam dann Mathias, Marks Freund, zu Besuch. Gleich verschwanden die beiden Jungen mit ihren Pokémon-Karten in Marks Zimmer.

Kurz bevor Mathias nach Hause gehen musste, schlich er sich zu mir in die Küche: »Der Wutanfall heute in Turnen«, begann er leise, »da war die Frau Lehrerin schuld. Alle haben Mark ausgelacht, weil er den Hampelmann nicht kann. Da hat er mir wirklich Leid getan.«

Wut

Im Klassenzimmer war es mucksmäuschenstill. Die Kinder mussten leise für sich lesen, während Frau Laich sich die Diktathefte durchsah. Frau Laich hatte sich für diese Stunde einen besonders interessanten Text aus dem Sachunterrichtsbuch ausgesucht: Die Essensgewohnheiten im Mittelalter.

Frau Laich war eine große Kennerin des Mittelalters.

Das Mittelalter interessierte Mark überhaupt nicht.

Er hatte das Lesen schon nach kurzer Zeit aufgegeben und hing seinen Gedanken nach. Da niemand zu bemerken schien, dass er nicht wirklich las, musste er auch keine Strafe befürchten.

Er nützte die stillen Lesestunden gern für seine Fantasien und kosmischen Berechnungen. Er zählte Buchstaben, seine Finger, die des Nachbarn, seine Atemzüge, die Seufzer der Lehrerin beim Durchsehen der Diktate.

In seinen Gedanken war er zu Hause. Er berechnete, wie viele Pokémon-Karten er morgen kaufen würde, er zählte im Kopf die Bretter auf dem Überboden und die parkenden Autos auf der Straße.

»Du kannst immer noch nicht lesen«, zischte es plötzlich vom Nebentisch.

Dort saß Walter, ein Junge von geradezu riesigen Ausmaßen. Mit seinen acht Jahren wog er über fünfzig Kilogramm. Walter hatte ein mächtiges Doppelkinn, eine kurze Stoppelfrisur, und er war immer hungrig.

Mark beneidete Walter um die Berge von wundervoll duftenden, dicken Broten, exotischen Früchten und süßen Superdrinks, die er mit in die Schule nahm und in den Pausen verdrückte.

Walters Eltern waren immer darauf bedacht, dass der Junge genügend Nahrung bekam. Selbst wenn Walter einmal kein Bedürfnis nach Essen zeigte, standen ein heißer Kakao, warme Suppe oder eine Riesenportion Pommes vor ihm. Außerdem hatten die Eltern ihn vorsorglich vom Turnen befreit. »Der Junge verletzt sich so leicht«, hatte Walters Mutter gegenüber der Schulärztin argumentiert.

Walter war ein braves Kind, folgsam, ruhig und angepasst.

Frau Laich mochte Walter.

Er tat seine Arbeit und fiel ihr nie unangenehm auf. Sie empfand Mitleid mit dem Jungen, wenn ihn die anderen wegen seines Gewichts verspotteten.

In solchen Momenten verteidigte sie Walter mit all der ihr zu Gebote stehenden Autorität. »Der arme Junge wird immer gehänselt«, beklagte sie sich bei ihren Kollegen.

Mark mochte zwar den dicken Walter nicht besonders, aber er tat ihm auch Leid, wenn ihn andere auslachten. Dass Walter von Frau Laich so deutlich bevorzugt wurde, ärgerte ihn jedoch maßlos.

Normalerweise hätte Mark die leisen Worte vom Nachbartisch nicht beachtet. Aber heute duftete es wieder einmal besonders herrlich aus Walters Schultasche. Dieser Umstand, sein eigener leerer Magen und Walters Bemerkung machten Mark wütend. »Lass mich in Ruhe«, zischte er. »36 x 60 = ?« Mark versuchte sich wieder auf das Berechnen der Atemzüge in einer Stunde zu konzentrieren, wobei das seit Walters Stichelei schwieriger geworden war. Einerseits weil Mark für kurze Zeit den Atem angehalten hatte, andererseits weil er jetzt wegen seines Ärgers schneller atmen musste. »Du bist sogar zu blöd, diese kleine Geschichte zu lesen. Du wirst dieses Jahr sicher nicht aufsteigen«, flüsterte Walter, nun um einiges lauter. »Zweitausendeinhundertsechzig«, Mark versuchte krampfhaft, die aufsteigende Wut zu zähmen. »Ich sagte, du solltest besser lesen«, tönte es nun schon zum dritten Mal von Walters Platz. Marks Geduld war am Ende. »Warum müssen die mich immer so nerven?«, fragte er sich, vor Wut schäumend. Warum mussten sie ihn immer reizen? Warum konnte der dicke Walter nicht einfach den Mund halten? Mark wollte doch nur seinen Frieden. »Sie wird dich an die Reihe nehmen und du wirst wieder nichts können«, meldete sich nun Desiré von der rechten Bankseite.

»Diese dumme Gans!«

Mark spürte den Zorn mit gewaltiger Wucht in sich aufsteigen, und Sekunden später explodierte er auch schon. »Was heißt hier wieder nichts«, schrie Mark in die Stille des Klassenzimmers hinein.

Alles Weitere ging sehr schnell. Mit einem wilden Satz sprang er auf und stieß die leere Bank neben Walter um. Ein ohrenbetäubendes Krachen folgte, und schon rannte Mark in rasender Wut auf den völlig verdatterten Walter zu. Mit einem wilden Satz sprang er im nächsten Moment hoch und landete hart auf Walters Tischkante. Seine ausgestreckte Hand streifte dabei Desirés neue Brille, sodass diese unter die Bank geschleudert wurde.

Frau Laich hatte einige Sekunden gebraucht, um die Situation zu erfassen. Nun starrte sie den Störenfried hasserfüllt an. Sie erhob sich, packte Mark und drückte ihn wie einen Terroristen mit aller Kraft mehrere Male gegen die Wand. In Marks Kopf dröhnte es. Der Atem blieb ihm weg vom harten Griff der Lehrerin. In der Klasse herrschte Grabesstille. Niemand wagte sich zu rühren, aus Angst, ihm könnte das Gleiche passieren. Frau Laich zerrte Mark ins Nebenzimmer.

»Die Frau Direktor wird schon wissen, was man mit einem wie dir machen soll!«, schrie sie und schlug die Türe hinter sich zu.

*

In den folgenden Wochen kapselte sich Mark radikal ab. Kam man ihm zu nahe, wurde er aggressiv, und es konnte durchaus passieren, dass er den einen oder anderen Mitschüler angriff, insbesondere wenn es sich um einen von Frau Laichs Lieblingen handelte. Solange er sich aber ruhig verhielt, blieb er unbehelligt. Er wurde ignoriert.

Angst

»Mami, hilf mir«, schrie Mark im Schlaf auf. Es war drei Uhr morgens. Ich rannte, wie oft in letzter Zeit, an Marks Bett und fühlte seinen Puls. Sein Herz raste mit weit über hundert Schlägen pro Minute. Er hatte hohes Fieber. »Schon wieder«, ich murmelte es mechanisch vor mich hin. Mark hob langsam die Lider und schloss sie sofort wieder. Vor seinen Augen tanzten einmal mehr diese grellen Blitze.

»Mami, bist du da?«, flüsterte er. Ich streichelte ihm über die heiße Stirn. Ich streifte die Decke von seinem glühenden Körper und umwickelte Arme und Beine mit einem kalten, feuchten Tuch. »Autsch«, schrie er. Er wollte sich wehren, aber ich hatte ihm bereits den Löffel der grässlichen, süßsauren Flüssigkeit in den Mund geschoben. Widerwillig schluckte Mark das Zeug hinunter. Er kannte das Gebräu. Er wusste, es würde das Fieber senken, aber der Geschmack war immer wieder gräulich.

»Mami, ich mag nicht mehr in die Schule«, flüsterte er.

Zwei Tage später ging es ihm etwas besser. »Ich geh nicht mehr in die Schule«, beharrte er fest. Der schreckliche Traum war verflogen. An die Angst konnte er sich noch dumpf erinnern. Ich blickte ihm fest in die Augen: »Das ist ausgeschlossen, das kommt nicht in Frage«, sagte ich.

Also ging Mark wieder in die Schule zurück. Doch er schlief weiterhin schlecht, die nächtlichen Fieberattacken wiederholten sich. Immer wieder wachte er schweißgebadet auf, sein Herz schlug wie rasend. Manchmal war es vier Uhr morgens, bis er wieder zur Ruhe kam.

Tagsüber klagte er immer öfter über Kopfschmerzen. Weder die Antibiotika des Kinderarztes noch die Ratschläge der Homöopathin halfen. »Wir sollten eine Kernspintomographie machen lassen«, meinte schließlich mein Mann zu mir: »Da steckt mehr dahinter als nur Schulangst.«

Am meisten fürchtete Mark die Zeit vor Unterrichtsbeginn. Da waren all die Kinder um ihn herum. Er hatte immer schon Probleme mit Gleichaltrigen gehabt. Er fühlte sich im Umgang mit ihnen nicht wohl. Es gab oft Konflikte. Mark hatte Angst. Jeden Morgen brachte ich ihn mit dem Wagen zur Schule, dann fuhr ich weiter zur Arbeit. Schon im Auto fühlte Mark, wie sich alles in ihm verkrampfte. Sein Gesicht nahm einen starren Ausdruck an. »Wer von ihnen ist heute wohl da?«, überlegte er. Das Schultor wurde erst kurz vor acht Uhr für die Kinder geöffnet, sodass Mark häufig warten musste. Mit ihm warteten meist zwei Schüler aus der Parallelklasse, ein Junge aus der zweiten Klasse, der das Jahr wiederholen musste, sowie ein großer hagerer Bursche aus der vierten Klasse, der stets mit seinem Scooter als Erster vor dem Schultor ankam. Die Mädchen standen abseits in Gruppen und tauschten kichernd Geschichten vom letzten Nachmittag aus. Die Anwesenheit der Mädchen stachelte die Jungen an. Mark hatte Angst. Es war fast jeden Tag dasselbe Ritual. »Schaffst es wohl nicht alleine in die Schule, Kleiner?«, fing der aus der vierten Klasse an. »Lass mich in Ruhe!«, murmelte Mark.

»Gestern beim Fußball hast du wieder einmal alle Bälle verschossen! Hau doch wieder ab, in deine alte Schule. Dort können sie so einen aufgeblasenen Alleswisser wie dich bestimmt gut gebrauchen«, rief der aus der zweiten Klasse. »Fick dich in den Arsch«, schrien die Drittklässler und spuckten vor ihm aus.

In diesem Moment wurde das Schultor geöffnet. Mark huschte mit gesenktem Kopf in sein Klassenzimmer. Schuhe und Jacke blieben auf dem Boden vor der Garderobe liegen.

»Das Schlimmste ist überstanden«, dachte er bei sich. Aber er hatte sich getäuscht.

Es war Freitag Morgen. Frau Laich war nicht besonders gut gelaunt. Gott sei Dank stand ein langes Wochenende ohne Schüler bevor. Aber immerhin war es ihr nach einigen Bemühungen gelungen, eine einigermaßen vollständige alte Ritterrüstung aufzutreiben. Die Rüstung diente zur Illustration ihres Vortrags über das frühe Mittelalter. Die Kinder, so dachte sie, würden begeistert sein.

Mit fünf hatte sich Mark sehr für Ritterrüstungen interessiert. Er hatte sich intensiv damit beschäftigt, kannte einfache Harnische, Speere, Lanzen, Wurfmaschinen, Gefechtstände, Knappenausrüstungen, wusste Namen und Bedeutung der einzelnen Ausrüstungsteile zu nennen. Inzwischen, mit acht, interessierten ihn Ritter nur noch als virtuelle Helden im Computer. Die klapprige, halb zerfledderte Rüstung aus dem Schularchiv fand er lächerlich.

»Da fehlen ja der halbe Brustpanzer, die Knieschützer und der Genitalschutz«, erklärte er, kaum hatte Frau Laich mit der Rüstung das Klassenzimmer betreten.

Sie funkelte ihn zornig an. Nicht nur, dass er ungefragt alle möglichen Dummheiten von sich gab, den Unterricht störte, jetzt schockierte er auch noch die Mädchen. An einen ruhigen Unterricht war nicht mehr zu denken.

»Was ist ein Genitalschutz?«, riefen einige Mädchen heraus. Ohne eine Antwort zu geben, schob Frau Laich die Rüstung in einen Nebenraum. »Diktat«, rief sie und beendete damit jede weitere Diskussion.

Nach der Stunde befahl sie Mark, zur Direktorin mitzukommen. »Dieses Kind ist sexuell völlig verkommen und eine Schande für diese Schule«, erklärte sie, nachdem sie von Marks Hinweis auf den Genitalschutz berichtet hatte:

»Wir bekommen noch Probleme mit den anderen Eltern. Und sehen Sie sich seine Hose mit den Rissen an den Knien an. Mir reicht es. Entweder geht er, oder ich gehe. Ich schalte den Landesschulrat ein. Dieses Kind ist verdorben und verlottert! Und schuld ist die Mutter. Der Junge gehört in eine Anstalt für Schwererziehbare!«

Die Direktorin war es endlich leid, ständig mit diesem problematischen Schüler befasst zu werden. Sie wollte keine Probleme mit den Lehrern. Da war es schon besser, diesen Jungen loszuwerden. Mark war vielleicht klug, aber sicherlich verhaltensgestört. Es musste ein Ausweg gefunden werden.

»Wir werden mit den betroffenen Lehrern, dem Landesschulrat und den Eltern ein klärendes Gespräch führen. Dann werden wir sehen, was passiert. Du wirst auch dabei sein«, sagte sie, zu Mark gewandt.

Das Tribunal

Mark hatte während Frau Laichs Ausbruch neben der Direktorin gestanden. Er hatte nicht alles verstanden. »Was ist sexuell verkommen?«, fragte er nun.

Mark hatte durch mich schon sehr früh eine naturwissenschaftliche Aufklärung in Fortpflanzung und allgemeinen sexuellen Dingen erhalten. Er wusste um die Hormonproduktion in der Adoleszenz ebenso wie den Geschlechtsakt per se genau Bescheid. Seine Frage ignorierend, meinte die Direktorin: »Wir warten, bis deine Mutter dich holen kommt.«

»Was habe ich jetzt schon wieder falsch gemacht?«, fragte Mark unbeirrt. »Die Rüstung war alt und kaputt. Warum macht die Lehrerin deshalb so einen Wirbel?« Aber er erhielt keine Antwort. Es war wieder still. Die Direktorin war fortgegangen und hatte ihn allein gelassen. Drei endlose Stunden später saß Mark erneut in ihrem Büro.

»Nehmen Sie Ihr Kind nun besser mit nach Hause«, riet mir die Direktorin. »Dann kann sich die Klasse auch wieder beruhigen.« Frau Direktor Mann war eine besonnene gescheite Person. Sie hatte seit Schuleintritt auf Marks Seite gestanden und ihm immer wieder den Rücken gestärkt. Nur ihr war es zu verdanken, dass er so lange durchgehalten hatte. Aber nun konnte Frau Direktor Mann die schwer wiegenden Vorhaltungen von Frau Laich nicht mehr ignorieren.

»Ich beschwere mich beim Landesschulrat!« Die Worte der Lehrerin hallten ihr noch in den Ohren. »Frau Dr. Garret«, begann die Direktorin wieder: »Auch wenn ich die ganze Sache weniger dramatisch sehe als Frau Laich, bin ich gezwungen, von den Geschehnissen Meldung zu machen. Die Äußerungen ihres Sohnes sind schädlich für die anderen Kinder. Wir sind den anderen Eltern verpflichtet.«

»Was wird nun?«, fragte ich leise.

»Andere Eltern haben sich über ihren Sohn beschwert«, fuhr die Direktorin fort: »Mark wird von einer Kommission befragt werden. Die Eltern haben natürlich das Anwesenheitsrecht. Wenn sie es wünschen, wird auch ein Psychologe anwesend sein. Das Ergebnis dieser Befragung entscheidet, ob Mark vorübergehend in eine Schule für schwererziehbare Kinder eingewiesen wird.«

»Glauben Sie mir, es ist alles nur zum Besten Ihres Kindes!« Schon wieder dieser Satz!

Ich brachte Mark also – zum wievielten Mal wohl in diesem Jahr? – nach Hause. Weil er einen Wutanfall hatte, weil er keinen Hampelmann springen konnte, weil er den dicken Walter gehänselt hatte und warum sonst noch? Ich wusste es nicht mehr.

Mark hatte Glück im Unglück. Mein Mann hörte nur

mit halbem Ohr hin, als ich ihm von den neuesten Schwierigkeiten berichtete.

Thomas hatte gerade eine Arbeit für das Ministerium fertig zu stellen. »Der Junge macht uns immer Probleme, am besten, wir suchen ihm ein strenges Internat. Dort wissen sie schon, wie man mit schwierigen Kindern umgeht.«

Dann wandte er sich an Mark. »Eine Anhörung, na gut. Was willst du denn dort sagen? Sag am besten gar nichts. Überhaupt: Was hast du denn diesmal wieder ausgefressen?«

»Ich habe Genitalschutz gesagt, vor der ganzen Klasse«, beichtete Mark.

»Soso, Genitalschutz also.« Thomas seufzte. Die Grundschulen in diesem Land schienen ihm etwas mittelalterlich oder zumindest galt dies für jene, die er in den letzten Jahren kennen gelernt hatte.

Die Anhörung war für einige Tage später festgesetzt worden. Das Urteil stand aber schon vorher fest. Die Lehrer hatten untereinander beraten und eine Entscheidung getroffen. Nur die Direktorin hatte ihre Meinung noch nicht geäußert. Sie wollte zuerst Mark anhören.

Alle Beteiligten versammelten sich im Klassenzimmer. Mark saß auf seiner Schulbank, ihm gegenüber Frau Laich mit der Frau Direktor. Daneben nahm ein älterer Herr mit Vollbart Platz, den alle mit »Herr Landesschulrat« ansprachen, und in der Ecke ließ sich eine freundliche alte Dame nieder, die man ihm als Psychologin vorgestellt hatte.

Mark war mit meinem Mann allein gekommen, ohne mich. Er hatte darauf bestanden, dass ich der Anhörung fern bliebe. »Ich sage gar nichts, wenn du dabei bist«, hatte er trotzig gemeint.

»Wie wird deine Lehrerin reagieren, wenn ich nicht komme. Und der Landesschulrat?«, ich wagte mir gar nicht auszudenken, was man davon halten würde.

»Dann geh ich lieber gleich in so eine Schule für Schwererziehbare!«, entgegnete Mark. »Außerdem gibt es ein Protokoll, das sie dir vorlegen müssen.«

»Du wirst meine Hilfe dort brauchen«, protestierte ich, schon beinahe mürb geworden.

»Brauche ich nicht«, sagte Mark. »Bitte! Die Laich wird sich nur noch mehr aufregen, wenn du kommst. Sie findet, Mütter müssen zu Hause sitzen und nach einem Anruf der Lehrerin innerhalb von fünf Minuten in der Schule sein.«

Ich konnte trotz meiner Ängste ein Lächeln nicht unterdrücken. Dieses Teufelskind war schon ziemlich raffiniert.

Natürlich hatte der Junge völlig Recht. In Frau Laichs Universum machten Frauen entweder Karriere, oder sie hatten Kinder. Mit Frauen wie mir, die von einer Stresssituation in die nächste schlitterten, konnte sie nichts anfangen. Einige Mütter in der Klasse waren halbtags beschäftigt, als Sekretärin oder im Handel. Solche Mütter hatten mehr Zeit für ihre Kinder, was man den Kindern unschwer ansehen konnte. Diese Kinder verhielten sich korrekt. Mark nicht!

Ich versank in schlechtem Gewissen.

»Mama«, fing Mark wieder an: »Ich habe bei dieser Anhörung überhaupt nur eine Chance, wenn du nicht dabei bist. Das wird mich retten, glaub mir. Die Frau Direktor wird mich verteidigen, das hat sie immer getan. Sag, du hast Migräne! Außerdem wird Papi kommen«, argumentierte er, nicht ohne Stolz.

Ich hatte meinen Mann eindringlich gebeten, zu dieser Anhörung zu gehen, da er im Hinblick auf unseren Jungen immer der Vernünftigere gewesen war. So geschah es, und ich blieb der Anhörung fern.

Mark saß also mit der Psychologin, die er schon ein- bis zweimal zuvor gesehen hatte, vor dem Landesschulrat, die Religionslehrerin war da, eine Aushilfswerklehrerin, Frau Laich und die Direktorin.

»Gefällt es dir nicht in der Schule?«, eröffnete Herr Landesschulrat Schmid das Gespräch.

»Nicht so besonders«, antwortete Mark wahrheitsgetreu. »Und warum nicht?«, fragte Herr Schmid weiter.

»Mir ist immer so langweilig.«

»Das stimmt doch gar nicht«, rief Frau Laich aufgebracht. »Mein Unterricht ist nicht langweilig. Du bist unaufmerksam und störst alle anderen.«

»Er kann sich gar nicht langweilen«, wandte sie sich schnell an den Landesschulrat: »Marks Leistungen sind unterdurchschnittlich. In Deutsch wird er das Jahr sicher wiederholen müssen. In Mathe möchte er zwar schon zwanzig Seiten weiter vorne arbeiten, aber was er wissen muss, kann er nicht!«

»Es ist aber langweilig«, beharrte Mark. Wie sollte er diesen Erwachsenen hier seine Rechenfantasien erklären. Wie sollte er ihnen begreiflich machen, dass ihn der Schulstoff nicht interessierte.

»Das kann ich alles schon«, entfuhr es ihm, und er wusste im selben Moment, dass er einen schweren Fehler begangen hatte.

Gerade hatte die Frau Direktor mit besänftigendem Lächeln etwas zu seiner Verteidigung einwerfen wollen. »So, du kannst also schon alles. Dann lies mir einmal diese Zeilen aus eurem Deutschbuch vor«, meinte Herr Schmid jetzt streng.

Mark vergaß für einen Moment zu atmen. »Rechnen kann ich schon«, wollte ich damit sagen, dachte er.

»Na los, lies das!« Herrn Schmids Stimme kam jetzt im Befehlston.

Mark las den Text stotternd und unter Tränen. Es klang entsetzlich.

Er wäre am liebsten geflohen, aber diesmal wagte er es nicht. Irgendwie hatte er das Gefühl, dass Flucht die Sache nur verschlimmern würde.

»Das ist eine Schwäche von mir«, stammelte er und ein Gefühl der Unausweichlichkeit überkam ihn.

»Ich glaube, Frau Laich hat Recht. Der Junge wird dieses Jahr wiederholen müssen«, meinte der Landesschulrat zu meinem Mann, der eben hereingekommen war. Der Landesschulrat hatte anscheinend genug gehört.

»Aber nicht bei uns«, reagierte Frau Laich sofort.

»Was meinen Sie damit?« sagte Thomas scharf. Er hatte die Bedeutung des letzten Satzes noch nicht begriffen.

»Unser Sohn ist ein intelligentes Kind. Und außerdem, was meinen Sie mit ›nicht bei uns‹?«

»Er ist eine Gefahr für die anderen Kinder. Zuletzt hat er in einem Wutanfall beinahe die Brille einer Mitschülerin zerschlagen.«

»Sie war doch gar nicht kaputt«, schluchzte Mark.

»Aber beinahe!«, zischte Frau Laich.

»Die Lesekenntnisse Ihres Sohnes entsprechen nicht den Anforderungen der dritten Klasse«, verteidigte der Landesschulrat sein Urteil von vorhin.

Nun meldete sich doch noch die Direktorin zu Wort. »Ich glaube, wir sollten Mark noch eine Chance geben. Einige Kinder haben sich für ihn ausgesprochen, und der Brille ist wirklich nichts passiert.«

»Deine Lesekünste musst du aber noch sehr verbessern, Mark«, meinte der Landesschulrat nun einlenkend mit einem Blick auf meinen Mann.

»Und aufpassen statt stören«, fiel Frau Laich ein. Sie spürte, die Dinge entwickelten sich nicht zu ihrem Vorteil.

»Wenn Sie das meinen, Frau Direktor, machen wir es so«, erklärte der Landesschulrat, froh, dass ihm die Entscheidung abgenommen worden war. »Was ist Ihre Meinung?«, wandte er sich zum ersten Mal an die anwesende Psychologin.

»Ich entscheide immer nur zum Besten des Kindes«, murmelte diese kryptisch.

»Das ist gut«, meinten jetzt alle zugleich, irgendwie erleichtert.

»Er soll aber bis zu den Herbstferien zu Hause bleiben«, nickte Herr Schmid meinem Mann freundlich zu. »Da kann sich die ganze Sache ein wenig beruhigen. Wir wollen ja alle nur das Beste für Ihr Kind.«

»Du hast noch eine Chance«, flötete Frau Laich in Richtung Mark. Sie war überzeugt, bis Jahresende würde Mark in der Besserungsanstalt sein.

»Damit hätten wir alles besprochen«, beendete Landesschulrat Schmid die Sitzung.

Und zu Mark gewandt: »Heute hast du noch einmal Glück gehabt. Ich hoffe, dass dir das eine Lehre war.«

»Was haben sie gesagt?«, ich konnte es gar nicht erwarten, dass man mir einen lückenlosen Bericht von der Anhörung lieferte.

Wie ein Raubtier im Käfig war ich zu Hause auf und ab gegangen und konnte die Tränen nur mit Mühe zurückhalten, als Thomas mir schließlich alles erzählte.

»Die Klasse wiederholen, das ist ja schrecklich!«, durchfuhr es mich.

Auch mein Mann war niedergeschlagen. »Was machen wir mit ihm?«, flüsterte er.

Mark stand in der Eingangstür: »Ich darf noch bleiben«, sagte er.

Aber in seinem kleinen Gesicht entdeckte ich nicht einen Funken Freude oder Erleichterung.

Appendizitis

Die Nacht darauf verlief nach langem wieder einmal ruhig. Ich hatte mir den nächsten Tag frei genommen. Mark musste nicht in die Schule. Er verbrachte den Tag auf seinem Zimmer, abwechselnd mit dem Computer und seinem Lego-Raumschiff spielend. »Bis zur Schule nach den Ferien hast du nun ein wenig Zeit«, sagte mein Mann beim Abendessen zu ihm: »Ich spreche mit der Lehrerin, damit sie dir noch eine Chance gibt. Du kannst doch so gut rechnen. Lobt sie dich eigentlich auch dafür?« Er blickte mich an. »Lehrer sollten ihre Schüler viel mehr loben.«

Kurz nach dem Abendessen wurde Mark übel. »Mami, mir tut der Kopf so weh!« Ich konnte ein Seufzen nicht unterdrücken: »Du kannst doch nicht jedes Mal Kopfschmerzen bekommen, wenn wir von der Schule reden!«

Die letzten Tage waren für mich äußerst turbulent gewesen. Am Institut ging es drunter und drüber, ich fühlte mich ausgelaugt, ständig müde, die Sorgen mit Mark zehrten an mir, und schließlich war auch noch meine Periode ausgeblieben. Ich hatte die vierzig schon überschritten.

»Ich sollte zum Frauenarzt«, hatte ich mir des Öfteren in der letzten Zeit gedacht. »Der Stress macht mich noch ganz krank!«

Gegen 22 Uhr hatte Mark 39 Grad Fieber und musste das erste Mal erbrechen. Er fühlte sich hundeelend. Immer wieder rannte er zur Toilette, um sich zu übergeben. Nun wurden wir unruhig. Mein Mann betastete seinen Bauch. Mark schrie vor Schmerz.

»Das ist was Ernstes«, meinte Thomas, »wir müssen ins Krankenhaus fahren.«

»Vielleicht sollten wir doch bis morgen warten«, schlug ich vor, denn immerhin hatte Mark schon die letzten Wochen über an psychosomatischen Beschwerden gelitten.

In der Nacht wurde es jedoch immer schlimmer. Mark erbrach, bis nichts mehr in seinem Magen war und nur noch Galle kam. Er klagte über stechende Bauchschmerzen. Zwischendurch nickte er immer wieder erschöpft ein, nur um kurz darauf wieder von einer Kolik geweckt zu werden. Gegen sechs Uhr packten wir ihn dann ins Auto und fuhren ins Krankenhaus.

»Blinddarmentzündung, warum kommen Sie erst jetzt?« Der junge Arzt in der Notaufnahme wirkte ehrlich aufgebracht. Er hatte die ganze Nacht im OP gestanden und war jetzt todmüde. Mark wurde wieder übel.

»Ich will aber nicht operiert werden«, bettelte er, ehe er neuerlich erbrach. Doch im Nu fand er sich in einem Krankenhausbett wieder und eine Nadel glitt in seine Vene.

»Autsch, pass doch auf«, schrie er die Krankenschwester an, und schon hatte sie daneben gestochen.

»Wenn du nicht ruhig bleibst, brauchen wir den ganzen Tag für diese Blutabnahme.« Mark gab seinen Widerstand auf.

»Er war in letzter Zeit sehr oft krank. Die Schule hat ihm sehr zugesetzt«, versuchte ich mich bei dem jungen Arzt zu entschuldigen.

»Wann hat er das letzte Mal gegessen oder getrunken?«, fragte die Anästhesistin, die gerade ins Zimmer gekommen war. »Gestern Abend«, antwortete Thomas.

Er war erschöpft von der letzten Nacht und einigermaßen ungeduldig. Er hatte an diesem Morgen eine wichtige Besprechung mit der HEEGA-Pharm, die durfte er keineswegs versäumen. Der Junge sah seinem Vater die schlechte Laune an.

Die Anästhesistin nicht.

»Vor einer Operation darf man mindestens sechs Stunden nichts essen und nichts trinken«, fing sie wieder an.

»Wir sind nicht taub, Frau Doktor«, schnappte Thomas zurück. »Ich habe schon erklärt, dass Mark gestern Abend zuletzt gegessen hat.«

»Auch getrunken«, fragte sie: »Ja, auch getrunken.« Thomas konnte seinen Ärger nicht mehr unterdrücken. Wenn er zu spät zur Besprechung kam, würde womöglich die Forschungsgruppe in Paris den Auftrag bekommen, und das musste er auf alle Fälle verhindern. Der Ruf seiner Abteilung stand auf dem Spiel. Außerdem zählten seine Mitarbeiter auf ihn, er musste diesen Auftrag unbedingt an Land ziehen. Und jetzt wollte er auch gehen. Eine Blinddarmentzündung war heutzutage wirklich keine große Sache mehr.

»Ich muss jetzt los«, sagte er, zu seiner Frau gewandt.

»Den Rest kannst auch du machen! Rufen Sie mich bitte nach der Operation auf meiner Handynummer an.«

Dann reichte er der Anästhesistin seine Visitenkarte.

»Sie müssen noch unterschreiben, dass sie mit der Narkose und der Operation einverstanden sind.«

»Kann das nicht meine Frau machen?« Thomas war in Gedanken längst bei der HEEGA-Pharm.

»Wenn möglich, beide Eltern«, erklärte die Anästhesistin, seinen offensichtlichen Ärger ignorierend. Thomas unterschrieb. Eine Minute später war er verschwunden.

»Nun wirst du erst einmal untersucht«, sagte die Anästhesistin zu Mark und widmete sich aufmerksam unserem Sohn.

Nach der Untersuchung richtete sie noch einige Routinefragen an mich.

Ich antwortete unsicher. Die letzten Tage, Wochen, Monate waren alles andere als ein Honiglecken gewesen, und jetzt auch das noch. Ich hatte das meiste allein durchgestanden. Mein Mann hatte die Probleme mit Mark entweder gar nicht mitbekommen oder nicht wirklich ernst genommen.

Nun saß ich wieder allein am Bett meines Sohnes und versuchte ihn zu beruhigen. Ich hatte schnell am Institut angerufen und meine Situation erklärt:

»Ich muss mir ein paar Tage Urlaub nehmen. Mark hat eine Blinddarmentzündung und liegt im Krankenhaus«, meldete ich meiner Kollegin.

»Geht OK«, war prompt zurückgekommen: »Noch gute Besserung!«

Ich hatte mir während der letzten Jahre nur selten Urlaub genommen. Die Italienreise vom letzten Sommer war eine Ausnahme. Wozu hätte ich mir auch Urlaub nehmen sollen? Thomas fehlte die Zeit für Ferien, und Mark verbrachte die Sommerferien bei seinen Großeltern in den Bergen oder im Camp.

Eine halbe Stunde später kam ein freundlicher älterer Herr in das Zimmer und erklärte Mark in wenigen Worten, was nun geschehen würde. Man würde ihn in den Operationssaal bringen, ihm dort eine Maske vors Gesicht geben, und dann würde er einschlafen.

»Wenn du aufwachst, ist alles vorbei. Damit du nach der Operation keine Schmerzen hast, geben wir dir eine Infusion. Das Medikament wird durch die Venen in deinen Körper gelangen, damit es dir bald gut geht. Nach drei Tagen werden wir dir dann die Operationsnähte entfernen, und du kannst wieder nach Hause gehen.«

»Wann darf er wieder etwas essen?«, mischte ich mich ein.

»Gleich nach der Operation bekommt er eine Infusion, aber am nächsten Tag darf er dann schon etwas Suppe zu sich nehmen«, der Oberarzt beantwortete geduldig alle unsere Fragen. Damit gab sich Mark zufrieden und ließ alles Weitere auf sich zukommen. Kurz darauf wurde er samt seinem Bett in den Operationssaal geschoben. Bevor er einschlief, spürte er die Maske der Anästhesistin vor seinem Gesicht. »Tief durchatmen«, hörte er sie noch sagen, und schon war er eingeschlafen.

Gegen Mittag schlug Mark im Aufwachraum die Augen auf. Alles um ihn herum war weiß. Eine junge freundliche Krankenschwester trat an sein Bett und fragte ihn, ob er Schmerzen habe. »Es geht«, murmelte er und schlief neuerlich ein. Eine halbe Stunde später weckten Thomas und ich ihn sanft.

»Es ist alles gut gelaufen«, ich beugte mich flüsternd zu ihm hinab. Wie ich so dasaß, ganz ruhig an seinem Krankenbett, fühlte ich mich seit langem wieder ein wenig entspannt.

»Es wird alles wieder in Ordnung kommen«, sagte ich zu Thomas. Dem Jungen schien es gut zu gehen. Wir hatten ihm einen frischen Pyjama, zwei Bücher und eine neue gigantische Lego-Raumstation mitgebracht.

»Damit du hier auch etwas zu tun hast«, erklärte Thomas. Er hatte den Forschungsauftrag bekommen und war daher besonders gut gelaunt. Zufrieden und glücklich schlief Mark wieder ein. Mein Mann und ich verließen gemeinsam das Krankenhaus.

Am zweiten Tag nach der Operation fühlte sich der Junge deutlich besser. Die Wunde schmerzte noch ein wenig, ansonsten hatte er sich aber bereits mit allen Schwestern und Ärzten angefreundet. Er war ein angenehmer Patient, er jammerte nie und konnte alle mit seinem Mutterwitz unterhalten. Für das frisch operierte Kind im Nachbarbett hatte er stets ein paar freundliche Worte.

Da er noch nicht wirklich viel essen konnte, hatte Mark sich voller Begeisterung an seiner Raumstation zu schaffen gemacht. Das war eine andere Klinik als die, die er zuletzt kennen gelernt hatte. Mark war glücklich in diesem Krankenhaus, alle schienen ihn gern zu haben, und es gab niemanden, den er fürchten musste. Könnte er doch immer hier bleiben.

»Mami, während ich hier bin, kann ich ja schon anfangen, mich ein wenig umzusehen«, sagte er zu mir. »Ich muss Erfahrung sammeln. Ich will doch einmal Arzt werden.«

»Ich dachte, du wirst Koch«, erinnerte ich ihn. »Jetzt werde ich Arzt und Koch, oder vielleicht Erfinder. Der Papi ist auch an der Universität Wissenschaftler und trotzdem ein guter Koch. Fürs Erste bleibe ich aber einmal hier.«

Doch am nächsten Tag kam der Oberarzt und eröffnete Mark, dass er schon nach Hause gehen konnte. Sogleich stieg die Angst in dem Jungen hoch. Er dachte an die Geschehnisse der letzten Wochen und Monate, und wie eine Lawine brach die Erinnerung über ihn herein: an den Jungen aus der vierten Klasse mit dem boshaften Blick, das Gebrüll der Schüler, die Kämpfe mit Frau Laich, die

Bauchschmerzen, die besorgten Blicke der Mutter und die Ermahnungen des Vaters. Mark brach hoffnungslos in Tränen aus und konnte sich nicht mehr beruhigen. Der Arzt stand ratlos an seinem Bett. So ein Kind hatte er noch nie gesehen. Vor ein paar Augenblicken war er noch munter und lustig gewesen, ein echter Lausbub eben, und jetzt das!

*

»Jetzt ist Schluss, er geht nicht mehr in die Schule!« Mark hörte zu, wie ich am Telefon mit Thomas redete: »Ich bringe mein Kind nicht mehr in diese Schule zurück.«

Thomas hatte seit der Operation viel über Mark nachgedacht. Auch er war der Meinung, dass etwas geschehen müsse. Aber er war noch unschlüssig darüber, was es sein sollte.

»So einfach geht das nicht. Du wirst dich an die Gesetze halten müssen, genau wie alle anderen«, sagte er jetzt: »Mark hat noch eine Chance, du wirst dafür sorgen, dass er sie nützt. Sonst kommt er in ein Internat. Es liegt an dir.«

»Ich mache das nicht mehr mit, Mark bleibt bei mir!« Ich legte den Hörer auf.

Ich würde es nicht mehr zulassen, dass man mein Kind quälte.

Der Gepard

Mark blieb zu Hause. Ich schickte ihn nicht mehr in die Schule zurück. Es hagelte Vorwürfe seitens der Großeltern und Nachbarn und Anfragen von der Schulbehörde. Diesmal blieb ich hart. »Das kannst du nicht machen«, beschwor mich mein Mann, ehe er wieder einmal zu einem Kongress fuhr. Aber sein Widerstand war geringer geworden. Auch ihm war die Veränderung in Marks Wesen aufgefallen, seit er nicht mehr in die Schule ging. Vielleicht war die Entscheidung nicht ganz falsch gewesen. Nach dem Kongress wollte er in jedem Fall für das Kind eine optimale Lösung finden. Er plante sogar einige Tage Urlaub ein.

Ich meinerseits hatte schon den gesamten Resturlaub genommen – aus den letzten Jahren hatte sich da einiges angesammelt – und blieb zu Hause. Mark war erleichtert. Für ihn war das Wichtigste: Er musste nicht mehr in die alte Schule zurück. Aber er wusste auch, dass mir die Entscheidung nicht leicht gefallen war.

Ich hatte mich sogar an der Universität beurlauben lassen. »Nur dass ich nicht in die Schule muss«, gab Mark bei den Nachbarjungen an. Irgendwann, dachte ich, würde er sicher wieder in eine Schule gehen, aber fürs Erste blieb er daheim.

»Ich werde dich für eine Weile zu Hause unterrichten, bis du wieder ganz gesund bist«, hatte ich ihm versprochen, und darauf hatte er stolz alle seine Bücher und Hefte vor mir ausgebreitet. Endlich hatte er die Möglichkeit zu beweisen, dass er ein guter Schüler sein konnte.

Obwohl Mark noch unsicher auf den Beinen war und dreimal täglich Medikamente einnehmen musste, zeigte er sich sehr motiviert. Zum ersten Mal seit seinem Schuleintritt begann er, ernsthaft zu lernen. Gleich nach dem Frühstück machte er sich an seine Aufgaben. Zuerst galt es, das Versäumte der letzten fünf Tage nachzuholen. Ein Mitschüler hatte ihm die Hefte aus der Schule gebracht.

Im Deutschunterricht war man nach dem Mittelalter wieder zu etwas moderneren Themen vorgedrungen. Im Deutschbuch stand die Geschichte eines kleinen Gespenstes, das so gerne ein richtiges Schulkind gewesen wäre. Mark sollte die Geschichte lesen und später im Heft nacherzählen. Mit etwas Anstrengung war ihm die Aufgabe bis zur Pause gut gelungen. Die Rechenaufgaben hatte Mark bereits im Krankenhaus erledigt. Gegen elf Uhr Vormittag wurde ihm langweilig, da alle Kinder aus der Nachbarschaft noch in der Schule waren.

Dennoch blieb er an seinem kleinen Schreibtisch sitzen und blätterte langsam das Mathematikbuch durch. Die Rechnungen vorne im Buch kannte er bereits, aber weiter hinten versprach der Stoff interessant zu werden. »Genug für heute«, rief ich da schon aus der Küche: »Du sollst dich nicht übernehmen, hat der Arzt gesagt. Komm, kochen wir etwas zusammen!« Das ließ sich Mark nicht zweimal sagen.

Als die Tage vergingen, dachte er immer seltener an die Schule. Und er begann eine solche Ausdauer zu entwickeln, dass ich ihn immer öfter regelrecht von den Büchern und Heften wegholen musste.

Die Aufgaben in Deutsch hatte er bald erledigt. Nun las er mir schon regelmäßig stockend aus dem Lesebuch vor. Wenn ihm ein Wort beim ersten Mal Lesen nicht gleich gelang, wurde er zornig. Er fühlte sich wieder an sein oftmaliges Versagen in früheren Zeiten erinnert und trommelte mit den Fäusten auf den Tisch.

»Beruhig dich doch, es wird schon gehen, hab Geduld«, versuchte ich seine Ungeduld zu besänftigen. Schließlich begriff ich, dass es nicht an seiner Ungeduld lag. Er konnte es einfach nicht.

»Mein Gott, du bist schon in der dritten Klasse und kannst immer noch nicht richtig lesen«, entfuhr es mir.

»Musstest du in der Schule nie vorlesen?«

»Eigentlich nie.« Mark fühlte sich schuldig. »Die Lehrerin hat mich nur bemerkt, wenn ich Probleme gemacht habe.«

»Wir müssen ganz von vorne beginnen und viel üben«, sagte ich: »Irgendwann wirst du ja wieder in eine Schule gehen. Bis dahin solltest du aber lesen können.« Ich hatte mit Widerstand gerechnet, aber Mark nickte nur.

Allmählich schien er insgesamt ruhiger zu werden. Um neun Uhr morgens hatte er die Aufgaben für den Tag bereits erledigt. »Darf ich weiterrechnen?«, rief er dann aus seinem Zimmer. Er interpretierte mein Schweigen als Zustimmung und begann zu rechnen. In der Schule hatten sie zuletzt einfache Additionen durchgenommen. Die hatten ihn damals schon gelangweilt. Mark betrachtete die Rechnungen im Buch. Er war vollkommen konzentriert. Er nahm den Bleistift und schrieb:

234 + 356 = 590

Er hatte nur ein paar Sekunden für die Kopfrechnung gebraucht.

»Ja, das ist cool!«

456 + 147 = 595, 798 + 149 = 947

Vielleicht konnte er auch subtrahieren!

976 – 353 = 423

Es klappte.

Es war nicht wie bisher, als er nur einfache Rechnungen schnell lösen konnte. Dies war etwas Neues. Mark spürte die Herausforderung. »Mami, schau, was ich kann!«, rief er in die Küche.

Ich trat an seinen Schreibtisch und blickte ungläubig auf die beschriebenen Blätter.

»Wie rechnest du denn das?«

»Weiß nicht, das macht mein Kopf von allein.«

»Mein Gott«, stammelte ich.

Langsam, wie eine alte Dampfmaschine, setzte sich die Lokomotive in Marks Kopf in Bewegung. Er wurde schneller. Mit jeder Aufgabe wollte er mehr lernen. Sein Horizont weitete sich. Bald fand ich ihn schon ab sieben Uhr morgens vor dem Rechenbuch. Da ich nicht immer Zeit hatte, begann er sich die Dinge selbst beizubringen.

»Du kannst nicht dreistellig multiplizieren«, sagte ich irritiert, als er mir eine solche Rechnung vorlegen wollte.

»Doch, ich kann's«, meinte er nur.

Und der Computer bestätigte es: Aufgabe richtig gelöst. Schon bald hatte Mark den Schulstoff der dritten Klasse hinter sich gelassen und war weit in die nächste Schulstufe vorgedrungen. Die Zahlen sprudelten nur so aus seinem Kopf. Vorsichtig zeigte ich ihm Aufgaben, die sein Altersniveau weit überschritten.

Er rechnete sie spielend, mehr noch, Mark konnte von einer Rechnungsart eigenständig auf eine andere schließen. Er rechnete über den Stoff in der Schule hinaus, arbeitete sich selbstständig durch alle vier Grundrechnungsarten. Die alte Dampflokomotive aus der Grundschule war zu einem Hochgeschwindigkeitszug geworden. Seine Energie war schier unglaublich.

Zum ersten Mal zeigte der Gepard, wozu er imstande war. Er probte seine Sprungkraft.

Hatte Mark sich einmal in eine Aufgabe verbissen, arbeitete er so lange, bis er sie zu seiner Zufriedenheit gelöst hatte. Wenn er versagte, wurde er sofort aggressiv. Doch Müdigkeit schien er nicht zu kennen.

»Mark, du sollst nicht solche Rechnungen machen«, ich blickte ihm über die Schulter.

78,4 x (345,9 + 22,1) =

stand auf dem Bildschirm. Ich hatte Mühe, die Aufgabe in

der Geschwindigkeit überhaupt zu lesen. Mark hatte das Speed-Programm eingestellt.

»Das liebe ich, und außerdem kann ich es!«, rief er aus, nahm einen Bleistift zur Hand, schrieb eine Rechnung auf den Zettel neben dem Bildschirm und gab das Ergebnis anschließend in den PC ein, um mir zu beweisen, dass er Recht hatte.

»Aufgabe richtig«, bestätigte eine sonore Stimme ein paar Sekunden später.

Legasthenie

Marks Schwierigkeiten im Lesen und Rechtschreiben waren im Krankenhaus fälschlicherweise als Konzentrationsschwäche diagnostiziert und von den Lehrern nicht einmal als spezielles Problem erkannt worden.

»Mit ein bisschen mehr Fleiß geht das schon«, hatten sie wiederholt erklärt. Da Mark auf Versagen aggressiv reagierte, wurde er in der Lesestunde nur höchst selten aufgerufen.

Marks Legasthenie wäre sicherlich noch länger verborgen geblieben, hätte er nicht an einem Sonntagmorgen mit Thomas Monopoly gespielt. Mein Mann hatte sich für Mark volle zwei Wochen Urlaub genommen. Zuerst reagierte er misstrauisch auf Marks Rechenkünste. War da irgendein Trick dabei?

»Du übertreibst«, sagte er, wenn ich von Marks komplizierten Kombinationen erzählte. Aber dann war er doch auch ziemlich beeindruckt, nachdem er seinem Sohn erstmals längere Zeit vor dem Computer zugeschaut hatte.

»Das macht achtundsechzigtausend«, rief Mark freudestrahlend.

»Du meinst sechsundachtzig«, verbesserte ihn der Vater.

»Sag ich ja, achtundsechzig«, trotzte Mark.

»Schreib es einmal auf«, brummte der Vater, schlecht gelaunt, da er im Begriff war, das Spiel zu verlieren. »Sechsundachtzig« schrieb Mark in seinen üblichen Riesenlettern. »Siehst du, achtundsechzig«, sagte er.

Nun wurde der Vater aufmerksam.

»Rechne mal im Kopf vierunddreißig plus vierundsechzig«. »Achtundneunzig« schrieb Mark in Sekundenbruchteilen auf das Blatt Papier und las das Ergebnis laut vor:

»Neunundachtzig.«

Der Vater blickte seinen Sohn nachdenklich an.

»Schreib doch mal die Zahl einundzwanzig auf!« sagte er.

Mark schrieb »zwölf«. »Schreib achtundneunzig«, verlangte Thomas.

»Siebenundachtzig, sechsunddreißig, fünfundsechzig, neunundzwanzig.«

Von dreißig Zahlen hatte Mark fünf in falscher Reihenfolge aufgeschrieben, verkehrt gelesen, aber korrekt addiert.

»Was ist denn los?«, fragte Mark neugierig.

Thomas kannte die Symptome von sich selbst. Er litt noch als Erwachsener an diesem Problem. Wichtige Texte ließ er daher immer von seiner Sekretärin schreiben. Es gab keinen Zweifel mehr. Mark war Legastheniker, wie sein Vater.

»Ist das schlimm, wenn man Legastheniker ist?«, fragte Mark seinen Vater. »Albert Einstein, Virginia Woolf, Bill Gates und dein Vater waren als Kind Legastheniker«, antwortete Thomas.

»Wer ist denn Virginia Woolf?«, fragte Mark. »Eine

sehr kluge Frau«, sagte der Vater. »Und Bill Gates ist der reichste Mann der Welt, da macht es nichts, wenn man Legastheniker ist«, meinte Mark altklug.

»Wenn es nicht früh genug bemerkt wird, kann das zu Problemen beim Lernen führen«, erklärte Thomas.

»Viele Menschen mit Legasthenie haben Probleme mit dem Rechtschreiben. Sie verdrehen Buchstaben und Zahlen, so wie du gerade. Aber da kann man dir sicher helfen. Heutzutage gibt es schon sehr gute Behandlungen«, fuhr er nach kurzem Zögern fort: »Wir werden dich testen lassen.«

Nicht schon wieder, dachte Mark.

Eine Woche später saß er in einem engen Stadtbüro einem freundlichen älteren Herrn gegenüber. Auf dem Schreibtisch lagen alle möglichen Instrumente, angefangen von kleinen bunten Bällen bis zu einem Gegenstand, der aussah wie ein winziges Elektrokardiogramm und dazu diente, das Aktionspotenzial der Haut zu messen. Mark saß schon seit über einer Stunde hier und beantwortete eine Frage nach der anderen. Die letzten Minuten hatten ihm trotz wachsender Müdigkeit großen Spaß gemacht. Er musste Zahlen und Worte aus einem großen Gewirr von Strichen, Punkten und Wellenlinien herausfiltern. Mit den Zahlen ging es einigermaßen, die Worte waren durchweg falsch.

Er sollte Texte lesen, die wie im Chinesischen untereinander standen. Sofort hatte er wieder die alt bekannten Blitze vor den Augen. Mit den Zahlen ging es leichter, er merkte sich alles und konnte sie auch gut lesen. Allerdings vertauschte er auch hier ein paarmal die Reihenfolge, ansonsten war ihm diese Aufgabe aber exzellent gelungen. Im anschließenden Puzzlespiel konnte er sein Können unter Beweis stellen, was seine Freude an der Sache nochmals um einiges erhöhte.

Der freundliche Psychologe schob nun langsam eine kleine Lampe vor Marks Gesicht.

»Halt, nicht so nah!«, rief Mark bei einem Abstand von fünfzig Zentimetern. Er hatte auch gleich etwas Angst bekommen. »Mami«, sagte er nach dem Test zu mir, »hier war es aber viel cooler als im Krankenhaus.«

Das Testergebnis bestätigte den Verdacht des Vaters. Mark litt an audiovisueller Legasthenie und einer taktilen Wahrnehmungsstörung.

Sonja

Sonja erwartete Mark an der Absperrung zum Eislaufplatz.

Es war ein nasskalter Winternachmittag. Vormittags hatte es noch geschneit, am Nachmittag war der Schnee in Nieselregen übergegangen, sodass das Eis nun mit einer dünnen Schicht von Wasser bedeckt war.

Ich hatte Mark schon ein paar Tage zuvor zu diesem Einzeltrainingskurs angemeldet, sodass wir aus terminlichen Gründen auch bei diesem Wetter zum Eislaufplatz gekommen waren. Mark wollte nicht, einerseits weil ich ihn vom Computer wegzerren musste, andererseits, weil er die neuen Schlittschuhe für uncool hielt. Heutzutage trugen Jungs nur Hockeyschuhe, aber seine waren schwarz mit schmaler Passform.

»Es werden mich sicher alle wegen dieser Schuhe auslachen«, beklagte er sich bei mir und folgte mir nur widerstrebend.

»Das kann ich nicht«, schrie er mich an. »Ich habe mich hier schon einmal lächerlich gemacht!«

Es waren zwei Jahre seit dem Desaster auf dem Eislaufplatz vergangen, aber Mark hatte nichts vergessen. Er war in dieser Zeit einige Male Schlittschuh gelaufen, aber stets in meiner Begleitung, nie allein. Dabei hatte er ein wenig

Sicherheit gewonnen, nun sollte er aber diesen Sport erlernen, sodass er in Zukunft beim Schulsport keine Probleme haben würde.

»Ich will das nicht lernen! Außerdem gehe ich viel lieber Schifahren«, redete Mark aufgebracht weiter.

Doch es half ihm nichts.

Sonja war eine routinierte Trainerin und genoss den Ruf, gut mit Kindern umgehen zu können.

»Grenzen«, erklärte sie mir gleich bei der ersten Begegnung. »Kinder brauchen Grenzen. Mark muss tun, was ich ihm sage, sonst geht es nicht.«

Ich seufzte, aber einen Versuch war es wert. Ich konnte es ihm nicht immer durchgehen lassen, dass er all die Dinge, die er nicht mochte, einfach von sich wies.

Während der ersten Übungsstunden blieb ich noch an der Absperrung.

Zu meiner Überraschung überwand er die anfängliche Abwehrhaltung relativ schnell. Er schaffte es, nach einem Sturz ruhig wieder aufzustehen, er schaffte es, auf Sonjas Ermahnungen und Worte zu hören. Und keines der Kinder auf dem Platz lachte. Mark sah sich nicht mehr als Außenseiter, sondern er betrachtete sich als Eislaufschüler wie jeder andere Eislaufschüler auch.

Mit wachsender Sicherheit begann Mark, Gefallen an dem Sport zu finden.

Sonja verstand es wirklich, Mark zu motivieren. Sie nahm ihm die Angst vor den anderen, schnürte ihm wie selbstverständlich ohne vorwurfsvolle Blicke die Schuhe und steckte die Grenzen so eng, dass an ein Entkommen gar nicht zu denken war.

Mark mochte Sonja.

So zog er seine Runden, begann unter Sonjas Anleitung kleine Sprünge zu machen, einfache Figuren zu drehen und eine korrekte Körperhaltung zu gewinnen. Noch machte ihm die Feinmotorik Schwierigkeiten, aber Sonja lehrte ihn, Defizite zu akzeptieren und langsam aufzuarbeiten.

Mark lernte in diesem kalten und feuchten Winter, sich selbstständig warme Kleidung anzuziehen – mit etwas Mühe gelang es ihm, den Zippverschluss seines Anoraks zu schließen – und Handschuhe und Kopfbedeckung überzuziehen. Mark begann langsam, ein Selbstwertgefühl zu entwickeln, auch in Bereichen, die nicht seine Domäne waren.

Und wir, seine Eltern, begannen wieder zu hoffen.

Ich hatte schon gefürchtet, dass Marks Schwächen ein zu großes Hindernis in seiner sozialen Entwicklung darstellen würden. Ich konnte mir einfach kein Kind vorstellen, das ausschließlich am Computer saß, rechnete und weder mit anderen Kindern spielte noch Sport trieb. Ich war vielmehr immer der Meinung gewesen, dass ein gesunder Ausgleich zwischen sportlicher und intellektueller Tätigkeit notwendig sei. Ich beobachtete daher mit Erleichterung, dass Mark den Eislaufsport auch im Frühjahr in der Halle fortsetzte. Der Spaß an der Bewegung festigte sein Selbstbewusstsein, was ihm im Umgang mit seinen

Freunden hilfreich war. So begleitete ihn etwa Mathias häufig zum Eislaufplatz und Mark zeigte voller Stolz seine neuen Figuren vor.

Mein Sohn hatte einen kleinen Schritt in Richtung sozialer Integration geschafft.

IQ und ein Baby

»Kein Test mehr!«, schrie Mark: »Die stellen alle möglichen Fragen und hören gar nicht zu, was man sagt.«

»Es ist das letzte Mal«, beschworen wir ihn.

Sicher waren wir dabei keineswegs, aber wir wollten uns auf keine Diskussionen einlassen.

»Bekomme ich wenigstens etwas zu essen mit?« Mark resignierte schließlich doch.

Gut. Mark war weder hyperaktiv noch autistisch und, seitdem wir ihn aus der Schule genommen hatten, ein braver Junge. Er mochte Zahlen. Er hatte den gesamten Unterrichtsstoff der dritten Klasse in drei Wochen erlernt.

Was war aber dann los mit ihm?

Der Intelligenztest an der Klinik hatte eine Normalbegabung ergeben, die Leseprobe war sogar unterdurchschnittlich ausgefallen. Nun, Mark war Legastheniker, daher die Leseschwäche. Aber sein Geschick in mathematischen Operationen, seine außergewöhnliche Gabe, in Menschen geradezu hineinsehen und soziale Zusammenhänge oft besser analysieren zu können als Erwachsene, übertraf die durchschnittliche Fähigkeit Gleichaltriger ganz offensichtlich.

Manchmal war er mir geradezu unheimlich!

Ich begann nach Hinweisen und Informationen zu suchen, wo immer ich konnte: in Fachbüchern, im Internet, im persönlichen Umfeld.

Schließlich entdeckte ich im Internet endlich etwas, das mich aufhorchen ließ: »Hochbegabte Kinder dürfen nur von geschultem Personal getestet werden, um das Ergebnis nicht zu verfälschen«, stand da.

Zwei Tage später hatte ich Mark schweren Herzens zu einer neuen Untersuchung angemeldet.

Eine freundliche junge Dame im weißen Klinikmantel holte Mark vom Eingangsportal der kinderneurologischen Abteilung ab und führte ihn in ein Untersuchungszimmer im ersten Stock. Der Raum war hell, voller Spielsachen und Kinderbücher. In der Ecke stand ein alter 386-Computer, der aus einem Arztzimmer entsorgt worden war und jetzt von den Kindern für einfache Spiele benutzt wurde. »Darf ich mein Brot mitnehmen?«, erkundigte sich Mark schüchtern.

»Na klar, hast du auch Durst?«, fragte Frau Dr. Kerstin Burda und zauberte eine Flasche Coca-Cola hervor. Mark strahlte. »Sie sind cool«, meinte er und konzentrierte sich auf die ersten Fragen. Nach einer Stunde beendete Frau Dr. Burda den ersten Teil des Tests.

»Kinder müssen während eines Tests in einer guten Verfassung sein«, belehrte sie mich. »Wir machen morgen früh weiter. Aber ich möchte Ihnen jetzt schon sagen, dass ihr Sohn für sein Alter ein ungewöhnlich großes Allgemeinwissen hat. Ist er sehr neugierig? Fragt er viel? Nehmen Sie ihn auf Ausflüge und Urlaube mit?« Ich nickte: »Natürlich.« Die Situation kam mir bekannt vor und strapazierte meine Nerven.

»Wir glauben, Mark ist hyperkinetisch, was bei hochbegabten Kindern häufig der Fall ist, da sie mit ihrer überströmenden Energie nicht gut zurechtkommen«, fuhr Frau Dr. Burda fort.

Nur langsam begann ich mich zu entspannen.

»Unser Chef wird Ihnen nächste Woche das Ergebnis der Tests mitteilen und alles Weitere besprechen.«

Eine Woche später war alles klar. Nach beinahe drei Jahren der Unsicherheiten, der Fehldiagnosen, der Ängste und Missverständnisse erschien die Wahrheit unsagbar einfach, geradezu banal. Dabei hatte es Mark all die Jahre über offen gesagt: Er hatte sich gelangweilt. »Da bekommt man eine richtige Wut, so langweilig ist es in der Schule«, hatte er sich schon vor ein paar Jahren bei mir beschwert. Seine Schwierigkeiten waren nur eine Konsequenz daraus gewesen.

»Mark zeigt in seinem Test eine überdurchschnittliche Leistung im Erkennen von sozialen Zusammenhängen und ist im Denken den Gleichaltrigen ungefähr zwei Jahre voraus. Dies muss zu Konflikten führen, insbesondere wenn die Schule sich in solchen Dingen nicht auskennt«, erklärte mir der Kinderpsychiater dann eine Woche darauf:

»Mark braucht eine geeignete Schule mit speziell ausgebildeten Lehrern und eine gute Therapie. Hochbegabte

Kinder spielen lieber mit Älteren oder Gleichgesinnten. Vielleicht finden Sie Eltern mit ähnlichen Problemen. Wir geben Ihnen ein Liste von Therapeuten mit, die wir für Ihren Sohn empfehlen können.«

Das Gespräch war sehr schwierig gewesen. Ich war weniger glücklich, als ich unter den gegebenen Umständen hätte sein müssen. Genauer gesagt, war ich zutiefst niedergeschlagen, geradezu deprimiert. Ich ging in ein Café und saß eine Stunde lang an einem Tisch, ohne zu bemerken, dass sich die Kellnerin gar nicht um mich kümmerte. Ich gab auch keine Bestellung auf, ich war völlig abwesend.

Die Gedanken an alle Fehler der letzten Jahre kreisten durch meinen Kopf.

Was hatte ich Mark angetan!

Was sollte ich ihm sagen?

Stundenlang saß ich in der folgenden Nacht am PC und durchforstete das Internet – nach Antworten auf alle meine Fragen. Ich wollte wissen, wie es anderen Eltern erging, die ähnliche Probleme hatten. Ich wollte wissen, welche Formen der Hochbegabung es gab und wie es möglich war, dass Kinder mit Hochbegabung weder lesen noch ihre Schuhbänder binden konnen. Waren solche Kinder verhaltensauffällig? Gab es viele von ihnen, war Mark eine Art Ausnahme, warum hatte ich nicht früher davon gehört? Warum hatte ich es selbst nicht bemerkt? Gab es Schulen für diese Kinder.

Ich fand reichlich Angebote für Kinder mit unterschiedlichen Behinderungen, aber kaum etwas für Hochbegabte. Wenn überhaupt, dann nur für Jugendliche, nicht für Kinder.

Einige Tage später hörte ich von dem Gastvortrag einer Professorin aus den USA über Hochbegabung. Zugleich erfuhr ich von einer Elterninitiative. Ich wollte sowohl mit der Professorin aus den USA Kontakt aufnehmen als auch die Elterninitiative anrufen. Ich brauchte Hilfe, um die Zukunft zu bewältigen, eine geeignete Schule zu finden, das alles meinem Mann zu erklären und schließlich mit meinem Sohn zu reden.

Einige Wochen später saßen Mark und ich bei einem gemütlichen Chinesen in unserer Nähe und warteten auf das Mittagessen. Mark aß süß-saures Hühnchen, zum Dessert Vanilleeis, sein Standardmenü bei jedem Chinesen. Er blickte mich an. Ich wusste, dass ich nervöser als sonst war, wenn auch nicht so müde und abgespannt, wie er mich schon öfter gesehen hatte. »Seit wann trinkst du Cola?«, fragte er verwundert, als die Getränke kamen. Ich holte tief Luft, ehe ich antwortete:

»Du weißt doch, dass ich mich in letzter Zeit nicht sehr gut gefühlt habe.«

»Was hast du denn gehabt?«, fragte Mark mitfühlend und neugierig zugleich.

»Weißt du, manchmal wurde mir schwindlig und übel, einmal musste ich auch erbrechen. Aber während du im Krankenhaus warst, hatte ich keine Zeit, darauf zu achten. Daher bin ich erst gestern zum Arzt gegangen.«

»Und? Bist du krank?«, meinte Mark, nun unsicher geworden.

»Also, ich bin nicht krank, aber der Arzt meint, wir bekommen noch ein Baby!«, antwortete ich nun sanft.

»Du bist schwanger, in welcher Woche?« rief Mark, dass es durch das ganze Restaurant hallte.

Alle Gäste drehten sich nach uns um. Welch ungewöhnliche Ausdrucksweise für einen kleinen Jungen! Am liebsten wäre ich unter den Tisch gekrochen. Ich war über vierzig, hatte all diese Probleme mit Mark und wagte es kaum, mich auf das Baby zu freuen.

Mein Sohn sah alles viel unkomplizierter. Nach kurzer Nachdenkpause sagte er voller Zufriedenheit: »Das ist gut. Dann bin ich endlich nicht mehr allein!« Und im selben Atemzug: »Ich hätte gerne einen Bruder!«

Ich musste trotz der quälenden Unsicherheiten lächeln.

Die nächsten Tage widmete ich mich weiter der Suche nach einer geeigneten Schule für Mark und den Schwangerschaftsuntersuchungen.

Mark lernte zu Hause, und er lernte schnell. Mein Mann und ich fanden einen Mathematiklehrer für ihn, der ihm außer Bruchrechnen und zweistelligen Divisionen auch die Achtung vor Pädagogen nahe bringen konnte. Mark war zu diesem Zeitpunkt acht Jahre alt. Zusätzlich erhielt er Legastheniestunden und Psychotherapie, um die versäumten Dinge der letzten Jahre aufzuholen. Mark musste lernen, erwachsenen Menschen zu vertrauen, und zugleich sich selbst gegenüber Vertrauen aufbauen. Das

Schwierigste aber war die Beziehung zu anderen Kindern. Und hier half ihm sein alter Freund Mathias.

Ich versuchte unterdessen permanent, mich zu informieren. Ich las und las und las, nur um zu erfahren, wie wenig ich über dieses Thema wusste.

Wunderkinder und Genies

Da erinnerte ich mich an den angekündigten Vortrag der amerikanischen Wissenschaftlerin, der im großen Hörsaal der Universität stattfinden sollte. Ein Vortrag, hauptsächlich für Ärzte und Psychologen. Für mich eine Offenbarung.

Ich drückte mich in die letzte Reihe, denn als Mikrobiologin war ich Außenseiterin in diesem Auditorium. Als Mutter eines hochbegabten Kindes fühlte ich mich hingegen so kompetent wie die Vortragende.

»Forschungsergebnisse deuten darauf hin, dass es neurologische und genetische Unterschiede gibt zwischen hochbegabten und durchschnittlich begabten Menschen«, hörte ich die schlanke elegante Dame um die fünfzig vorne am Pult sagen. Sofort war ich hoch konzentriert.

»Die größten Talente liegen oft im Verborgenen«, fuhr Prof. Cynthia Goodman mit einem Zitat des römischen Dramatikers Plautus fort. »Es liegt in der Verantwortung unserer Gesellschaft, besondere Talente zu fördern, denn wir können es uns nicht leisten, unseren begabtesten Nachwuchs zu ignorieren.

Wunderkinder, Genies, Naturtalente, diese Begriffe haben uns von jeher fasziniert. Sie haben Interesse und

Bewunderung, aber auch Angst und Neid ausgelöst. Manchmal werden diese Kinder für wahnsinnig gehalten, da sie vieles sehr früh wissen und begreifen. Eltern solcher Kinder werden oft als überehrgeizig bezeichnet und sogar als undankbar, weil sie nicht erkennen, wie glücklich sie sich schätzen müssen, ein Kind mit hohen Begabungen zu haben. Aber nicht jedes hochbegabte Kind wird später ein erfolgreicher Erwachsener.

Hochbegabung ist die Disposition für herausragende Leistungen, nicht die Hochleistung selbst.

Doch was genau ist Intelligenz eigentlich? An welchen Merkmalen erkennt man Intelligenz? Warum ist ein Mensch begabter als der andere?

Zu den Ursprüngen der Begabungsforschung gibt es im Grunde zwei entgegengesetzte Theorien. Die landläufige Volksmeinung sagt, Talent oder Begabung ist etwas durch und durch Angeborenes.

Man hat es oder man hat es nicht. Die Fähigkeiten eines Wolfgang Amadeus Mozart, Galileo Galilei, Leonardo da Vinci, Johann Wolfgang von Goethe, Pablo Picasso, Isaac Newton, Albert Einstein oder Bill Gates sind so unvorstellbar, dass man sie kurzerhand zu geborenen Genies erklärt.

Die zweite Theorie lässt keinerlei angeborene Grundlagen zu. Sie macht Hochbegabung ausschließlich zu einem Produkt der Umwelt. Man kann nach dieser Theorie auch das höchste Stadium von Hochbegabung durch frühzeitig einsetzendes Training erreichen. Aber noch einmal: Eines ist in jedem Fall klar, Hochbegabung ist die angeborene Fähigkeit zu großen Leistungen, nicht jedoch die Leistung selbst, wie wir aus vielen Geschichten hochbegabter Kinder wissen, die später unter dem Erwartungsdruck unserer Gesellschaft nicht jene Leistungen bringen konnten, die man von ihnen erwartete. Andere aber, wie der kleine Pablo Picasso oder viel früher Mozart, brachten unserer Kultur die wunderbarsten Gaben.«

Goodman machte eine kurze Pause. Im Saal wurde es unruhig.

Ich schreckte aus meinen Gedanken auf. Mark war weder ein Michelangelo noch ein Klaviervirtuose von acht Jahren. Wie konnte ich von solchen Beispielen auf mein Kind schließen? Nun, Mark war anders als die Kinder seines Alters, er war ernst, sozialkritisch, humorvoll, zugleich aber aggressiv und arrogant wie ein Erwachsener. Er konnte rechnen, abstrakt denken und lernte schnell, sehr schnell. Im Erkennen von sozialen Zusammenhängen arbeitete Marks Gehirn geradezu rasend schnell. Mark beschäftigte sich schon im Alter von drei Jahren mit dem PC, rechnete immer einige Kapitel im Voraus und spielte jetzt, mit acht Jahren, mit mathematisch-analytischen Computeraufgaben für die sechste und siebente Schulstufe. Bruchrechnen und Dezimalzahlen brachte er sich selbst am PC bei.

Und ich dachte immer, das sei ganz normal!

Mark war Perfektionist und duldete keine Fehler. Die Angst zu versagen prägte seine ganze Kindheit. Hier half auch keine Beschwichtigung von unserer Seite. Er ließ nie von einem Vorhaben ab, ohne es bis zur Vollendung gebracht zu haben. Im Pokémon-Spiel wollte er den höchsten Level erreichen, im Kunsteislauf konnte er sich nach dem ersten Debakel zur Wettkampffähigkeit steigern und war enttäuscht, dass er dann nur die Silbermedaille errang. Mark wollte immer siegen.

»Vermutlich liegt die Wahrheit irgendwo zwischen den beiden Extremen«, setzte Prof. Goodman ihren Vortrag fort. »Man kann ein durchschnittlich begabtes Kind nicht dazu bringen, stundenlang am Klavier zu sitzen, den ganzen Tag zu zeichnen oder neunhundertneunundneunzig Rechenaufgaben zu lösen.

Die Gehirnforschung hat erst in jüngster Zeit durch Entwicklung der Magnetresonanz- und der Positronen-Emissionstomographie neue Impulse erhalten. Solche moderne Verfahren haben der Hirnforschung zu einem entscheidenden Durchbruch verholfen.

Wir sind nicht mehr auf die reine Anatomie der Gehirne angewiesen, sondern können in molekularbiologische Vorgänge eindringen«, hörte ich ihre Stimme aus der Ferne. »Mit anderen Worten: Diese Methode gibt uns die Möglichkeit, den regionalen Zellstoffwechsel im Gehirn bildgebend darzustellen.«

»Sie wollen uns sagen, dass man Fotos von einem denkenden Gehirn machen kann?«, tönte eine sehr skeptische Stimme aus einer der hinteren Zuhörerreihen.

»Genau das kann man«, antwortete Goodman ruhig:

»Sehen Sie, unsere Gehirnzellen verarbeiten für alle lebenswichtigen Funktionen Traubenzucker. Das gilt für die Sinnesnerven – für das Sehen, Hören, Fühlen, Tasten und Schmecken – ebenso wie für jene Nervenzellen, die für unser Denken zuständig sind. Diesen Zuckerverbrauch kann man messen und mit Hilfe von radioaktiven, markierten Trägermolekülen, die sich im Körper mit den Traubenzuckermolekülen verbinden, in ein Bild umwandeln. Dieses zeigt die Aktivität der regionalen Hirnzellen, also den Denkvorgang.«

»Sie meinen, je mehr ein Mensch denkt, desto heller wird das Bild?«, kam es wieder aus dem Hintergrund.

»Ja, wenn Sie so wollen«, antwortete Prof. Goodman. »Die Hirnforschung geht davon aus, dass Neuronen oder Hirnzellen bei überdurchschnittlich intelligenten Menschen effizienter arbeiten als andere. Das bedeutet, dass die Hirnzellen besonders begabter Menschen weniger Energie, also Zucker, für Denkvorgänge verstoffwechseln. Daher sieht man bei diesen Menschen während des Denkvorganges weniger Zuckerverbrauch in dieser neuartigen Untersuchung mit der Positronentomographie.

Nach einer anderen, älteren Theorie arbeitet das Gehirn von besonders Begabten nicht nur effizienter, sondern auch schneller. Das kann an einer erhöhten Zahl von so genannten Synapsen oder Verbindungsfasern der Hirnzellen liegen.«

Ja, dachte ich wieder, Mark ist sehr schnell im Denken.

»Studien zeigen, dass diese Menschen mehr neuronale Verbindungen in ihrem Gehirn besitzen und dadurch schnellere Denkarbeit leisten können!«

»Frau Professor Goodman, was können Sie uns über die Vererbung von Intelligenz sagen und wo sehen Sie den Unterschied zwischen Intelligenz und Hochbegabung, oder ist das dasselbe?« Ein junger Mann aus der vordersten Reihe war aufgestanden und hatte sich als Dr. Karl Meinhard, Psychoanalytiker, vorgestellt.

»Zuerst möchte ich Ihre erste Frage beantworten«, erwiderte die Wissenschaftlerin.

»Hochbegabung wird arbiträr, also willkürlich, ab einem Intelligenzquotienten von 130 IQ-Punkten angesetzt. Der Durchschnitts-IQ einer großen pädiatrischen Langzeitstudie zur späteren Entwicklung von besonders begabten Kindern lag bei 140 Punkten. Allerdings verfolgt man heute eher ein Mehrfaktoren-Modell, eine Theorie, die die Hochbegabung aus mehreren Faktoren zusammensetzt. Demnach ist Hochbegabung mit Intelligenz nicht gleichzusetzen, sondern besteht aus vielen Komponenten.

Ein bekannter Forscher auf dem Gebiet der Hirnforschung definiert in seinen Schriften Intelligenz als Fähigkeit, das Denken auf neue Anforderungen einzustellen bzw. als allgemeine geistige Anpassungsfähigkeit an neue Aufgaben und Bedingungen des Lebens.

Dummheit wird folglich als Annahme eines nicht bestehenden Sachverhaltes definiert.

Wie bereits ausgeführt, sind die Geschwindigkeit der

Informationsverarbeitung, die Größe des Arbeitsgedächtnisses und die Art der Gehirnaktivität von höchster Bedeutung bei der Entstehung von Hochbegabung.

Aber, nun gehe ich auf ihre zweite Frage ein: Ist Begabung erblich?

In jüngster Zeit haben Genetiker versucht, Verflechtungen von Vererbung und Umwelt anhand von Zwillingsstudien zu entwirren.

Man verglich eineiige und zweieiige Zwillinge im Hinblick auf die Übereinstimmung bestimmter Fähigkeiten. Man fand eine deutlich höhere Übereinstimmung bei eineiigen Zwillingen, was einen genetischen Einfluss nahe legt. Untersuchte man eineiige Adoptivkinder, die in völlig verschiedenen Umgebungen aufwuchsen, kam man zu ähnlichen Ergebnissen.

Diese vererbte genetische Komponente nahm mit steigendem Alter und wachsender Erfahrung zu. Je geringer die Auswirkungen der Umwelt waren, je mehr sich die Testpersonen von ihrer gewohnten Umgebung im Erwachsenenalter entfernten, desto mehr konnten sich die angeborenen Fähigkeiten und Talente entfalten. Ungeachtet der Umgebung entwickelten hochbegabte Kinder ihre Fähigkeiten augenmerklich weiter, nachdem sie ihre gewohnte Umgebung verlassen hatten. Neue, exogene Anreize scheinen hier eine wichtige Rolle in der Entwicklung der Hochbegabung zu spielen.

Es gilt heute als allgemein anerkannt, dass die Entwicklung der Normalintelligenz ebenso wie der überdurchschnittlichen Intelligenz durch ein Zusammenwirken von genetischen Faktoren und Einflüssen der Umwelt entsteht. Repräsentative Versuche zeigen, dass ungefähr 75 Prozent der Intelligenz vererbt sind und 25 Prozent durch die Umwelt bestimmt werden.

Wie ich am Anfang meines Vortrages ausgeführt habe, ist ein hoher Intelligenzquotient allein nicht ausreichend für die Entwicklung von Höchstleistungen. Besonders talentierte Menschen oder Genies scheinen auch einen atypischen Gehirnaufbau zu haben. Hier konzentriert sich die Forschung auf Anzahl und Wirkungsweise neuronaler Verbindungen sowie auf die Funktionsweise und, wie schon erwähnt, den Glukosestoffwechsel der einzelnen Hirnzellen.

Die Zeitschrift Science berichtete 1995 über eine bemerkenswerte Entdeckung. Eine Forschergruppe hatte nachgewiesen, dass jener Teil des Gehirns, der für die Musikalität eines Menschen zuständig ist, bei Musikern mit absolutem Gehör wesentlich größer ist.

Eine andere Forschergruppe fand bei hochbegabten Mathematikern zwei interessante Phänomene: Diese Menschen waren zum größten Teil links- oder beidhändig und litten zugleich an einer ausgeprägten Leseschwäche. Manche dieser Menschen zeigten sogar autistische Züge. Überdurchschnittlich häufig waren Störungen des Immunsystems wie Asthma oder Allergien diagnostiziert worden.

Dieselbe Forschergruppe stellte die Theorie auf, dass der Zusammenhang von mathematisch-analytischen Fähigkeiten und Defiziten im Sprachlichen und häufig im

Bereich der Immunabwehr auf die Wirkung des männlichen Hormons Testosteron zurückzuführen ist, das nach Meinung dieser Forscher in der Schwangerschaft überdurchschnittlich stark ausgeschüttet wird.«

Wie ein Blitz durchzuckte es mich. Ich konnte mich sehr klar an Marks Schwangerschaft erinnern. Wie oft hatte ich damals zu meinem Mann gesagt: »Es wird ein Junge, meine Haut ist schlecht, das muss das viele Testosteron sein.« Nun konzentrierte ich mich noch mehr auf das, was Prof. Goodman sagte.

Ein Mann in perfektem Anzug trat nun vor.

»Dr. Sigmund, Vorstandsvorsitzender und Vater eines hochbegabten Kindes. Verzeihen Sie die Unterbrechung: Testosteron wurde erst kürzlich von den Medien als Managerhormon beschrieben. Wie kann es zu Behinderungen wie Dyslexie oder Asthma führen?«

»Das menschliche Gehirn ist in zwei Gehirnhälften aufgeteilt. Die rechte Hemisphäre ist für räumliches Vorstellungsvermögen, Musik, bildende Kunst und Analytik zuständig. In der linken Hemisphäre finden sich die Funktionszentren für sprachliche Fähigkeiten und soziale Funktionen. Die Funktionen für mathematische Berechnungen sowie das Schreiben und Lesen von mathematischen Symbolen liegen zwar in der linken Hirnhälfte, aber das allgemeine Verständnis von mathematischen Beziehungen und Begriffen ist eine rechtshemisphärische Tätigkeit.

Nach dieser Forschergruppe kann ein erhöhter Testosteronspiegel in der Schwangerschaft zu einer Hemmung des Wachstums in bestimmten Bezirken der linken Gehirnhälfte und gleichzeitig zu einem beschleunigten Wachstum der angrenzenden Hirnstrukturen und der parallelen Abschnitte in der gegenüberliegenden Seite führen. Diese Kinder haben hoch entwickelte mathematische Fähigkeiten bei gleichzeitigen sprachlichen Defiziten, wie etwa einer Leseschwäche.

Testosteron beeinflusst das Wachstum des Thymus, der eine wichtige Rolle in der Entstehung des Immunsystems spielt. Eine zu hohe Testosteronproduktion kann daher, nach Meinung dieser Forschergruppe, zu Störungen des Immunsystems führen.

»Hochbegabte haben also ein anderes Gehirn?«, kam es wieder anonym aus der Menge.

»Das Gehirn von Albert Einstein wurde nach seinem Tod genau untersucht. Eine Forschungsgruppe fand dabei ein atypisches Merkmal. Der linke, untere Schläfenlappen enthielt im Vergleich zum menschlichen Durchschnittsgehirn eine relativ hohe Anzahl von Gliazellen, Verbindungszellen, sodass der prozentuelle Anteil von Neuronen gegenüber den Gliazellen niedriger war als beim Durchschnittsgehirn.

Man konnte jedoch grobanatomisch, also durch einfache Untersuchungsmethoden am konservierten Hirn, keine wesentlichen Unterschiede zur Größe und Gehirnstruktur von durchschnittlich begabten Menschen finden. Die vollständige Korrelation zwischen Gehirnmasse und Größe der Gehirnoberfläche ist ausschließlich bei speziesübergreifenden Vergleichen gegeben. In anderen Worten, man kann die Verbindung von Intelligenz und Gehirngröße nur bei unterschiedlichen Spezies wissenschaftlich korrekt anführen, nicht jedoch innerhalb einer Spezies wie dem Menschen.«

Wieder machte Prof. Goodman eine kurze Pause.

Ich empfand all diese Informationen in so kurzer Zeit als sehr anstrengend. »Mein Kind hat also ein anderes Hirn, denkt anders, hat zu viel Testosteron mitbekommen und kann deshalb nicht lesen«, seufzte ich innerlich. »Was kommt sonst noch alles?«

»Nun, die Sache wird verständlicher, wenn wir zu einer anderen Form der Intelligenz übergehen. Jeder hier im Saal weiß, dass es nicht nur Hochbegabte, Normalbegabte, sondern auch Minderbegabte gibt, und das aus den verschiedensten Gründen. Es bestreitet heute sicherlich niemand eine biologische Grundlage der mentalen Retardierung, die, wie schon oben erwähnt, unterschiedlichster Ursache sein kann.« Die Wissenschaftlerin hielt kurz inne und blickte in das Publikum.

»Meine Damen und Herren, wenn es eine biologisch bedingte Verzögerung der Gehirntätigkeit gibt, warum stellen wir dann die biologisch bedingte Beschleunigung derselben in Frage?

Weil sie, im Gegensatz zur Minderbegabung, weniger erforscht ist, oder weil Hochbegabung per se ein geringeres

Problem für die Gesellschaft darstellt als hirnfunktionelle Minderbegabung?

Dies wage ich hier zu bestreiten, denn wie lange können wir es uns noch leisten, unsere besten Köpfe als verhaltensgestört auszugrenzen?«

Jetzt gab ich mir einen Stoß, trat zögernd an das Mikrofon und fragte mit einem leichten Zittern in der Stimme:

»Unser Sohn wurde als hochbegabt diagnostiziert. Er hat sehr viel Energie, redet unentwegt und ist immer in Bewegung. Manchmal rechnet er dreihundert Aufgaben auf einmal. Darum wurde er anfangs wegen des Aufmerksamkeitsdefizit- und Hyperaktivitätssyndroms behandelt.«

»Das übermäßige und intensive Arbeiten so genannter Wunderkinder entsteht durch eine uns unheimliche Energie, die leider in manchen Fällen als Hyperaktivität und Aufmerksamkeitsdefizit interpretiert wird«, antwortete Prof. Goodman.

»Die Kraft dieser Kinder kommt von innen und kann weder durch ehrgeizige Eltern erzwungen noch durch langes Training von den Kindern erworben werden. Niemand würde ernsthaft behaupten, dass eine geistige Retardierung durch mangelnde Übung und Fleiß verursacht wird. So kann Hochbegabung auch nicht durch besonderen Fleiß oder Ehrgeiz erworben werden. Häufig werden diese Kinder von ihrer Umgebung ausgegrenzt oder sogar gemobbt.« Frau Prof. Goodman räusperte sich.

»Die Ursachen dafür sind mannigfaltig, haben aber

meist mit Neid und Unverständnis zu tun. In der Folge kann es nicht nur zu einem Verstecken von Leistungen, sondern auch zu Verhaltensstörungen kommen.

Diese Kinder haben durch übersteigerten Ehrgeiz und Perfektionismus ein negatives Selbstbild, das, verbunden mit einer Angst vor dem Versagen, zu schweren körperlichen Problemen führen kann.

Ich habe Kinder mit Fieberattacken oder Lähmungserscheinungen behandelt, deren Hochbegabung von den Lehrern nicht erkannt worden war.

Hochbegabung und Genie haben nach meinem Dafürhalten nichts mit Wahnsinn zu tun, sondern gehören zu den normalen Naturphänomenen, so wie mentale Retardierung auch keine Abartigkeit darstellt.

Hochbegabung bei unseren Kindern bedeutet schlicht eine Verpflichtung gegenüber der Zukunft unserer Gesellschaft.«

Frau Prof. Goodman hatte ihren Vortrag beendet, der Hörsaal leerte sich allmählich, die Besucher strebten in kleinen Grüppchen zum Ausgang.

Ich war sehr nachdenklich geworden. Warum hatte ich nur so lange gewartet? Natürlich hatte ich immer wieder versucht, den richtigen Weg zu finden. Aber ich hatte auch viel zu früh aufgegeben. Mein Kind hatte all die Zeit über dafür leiden müssen. Wird es mich jemals respektieren können? Wie sollte ich meinem Kind die Irrfahrten der frühen Jahre erklären?

Nun musste ich eine Schule finden, die der Aufgabe, ein hochbegabtes Kind wieder in die Normalität zu integrieren, gerecht werden konnte. Aber Schulen für besonders begabte Kinder gab es in diesem Land erst ab dem vierzehnten Lebensjahr.

Als ich den Hörsaal verließ, hörte ich hinter mir eine leise Stimme:

»Sie suchen eine Grundschule für Ihr Kind? Ich bin Frau Inge Kahn. In meiner Klasse gibt es schon ein hochbegabtes Mädchen. Außerdem haben wir Kinder mit den unterschiedlichsten Behinderungen in der Klasse. Wir haben es uns zur Aufgabe gemacht, all diese Kinder in die Gemeinschaft zu integrieren und jedes Kind nach seinem Können zu unterrichten. Wir hatten bisher sehr gute Erfolge damit. Sehen Sie sich doch einmal unsere Klasse an.«

Eine Klasse mit Behinderten und Hochbegabten, geht denn das überhaupt? Ich war müde und traurig und ein ganz klein bisschen hoffnungsvoll!

*

Einige Wochen später saß Mark wieder in einer neuen Schule und lernte langsam Teil einer guten Gemeinschaft zu sein.

Schachmatt

Es war wärmer geworden. Nach dem harten Winter begrüßten alle das Tauwetter Ende April. Der Schnee war rasch weggeschmolzen, der Hausmeister kümmerte sich jetzt um die Winterschäden, die Schüler der ersten Klassen waren mit ihren Examen beschäftigt. Sogar der Deutschunterricht machte mehr Spaß. Frau Prof. Heim war vom Nibelungenlied und Droste-Hülshoffs Romantik zur Nachkriegsliteratur übergegangen, und Frau Prof. Lehner brachte alte römische Volkslieder, interpretiert von Lucio Dalla und Antonello Venditi, mit in den Italienischunterricht. Man kam trotz der vielen Prüfungen gerne in die Schule. In den Nachmittagsstunden saßen die Kinder einzeln oder in Gruppen im Freien, tranken Coca-Cola, Mineralwasser oder Red Bull.

Der Frühling war immer eine gute Zeit für Schüler und Lehrer. Die Ludwig-Denk-Schule führte spezielle Klassen für hochbegabte Kinder und existierte in dieser Form seit fünf Jahren. Sie war aus der Notwendigkeit entstanden, diese Kindern speziell zu fördern. Die Schülerinnen und Schüler nannten diese Klassen gerne »WARP 10«, nach der Höchstgeschwindigkeit in Star Trek.

In den Speed-Klassen gab es hier Mädchen, die schon im Alter von drei Jahren lesen und im Alter von zehn Jahren Faust und Shakespeare kannten. Ein Junge war mit zwölf Jahren Schachmeister geworden und ein anderer zeigte schon in der Grundschule besondere Fähigkeiten in der Analyse von sozialen Zusammenhängen. Diese Kinder hatten sich für Themen wie Umweltverschmutzung, Politik und Artenschutz interessiert, während ihre Altersgenossen im Schulhof Fußballkarten austauschten. Bei vielen der Kinder waren schon sehr früh ein gutes Beobachtungsvermögen, ausgefallene Hobbys oder ein stark ausgeprägter Gerechtigkeitssinn aufgefallen. Und noch eines hatten alle diese Kinder gemeinsam: Von frühester Kindheit an besaßen sie die Gabe eines besonderen Humors, sodass sich jedermann in ihrer Umgebung wohl fühlte. Später wurde dieser Humor häufig tief unter falschen Diagnosen, Unverständnis und Ignoranz begraben, so wie es auch bei Mark der Fall gewesen war. Hier, an dieser Schule, konnte er sich mit allen anderen wunderbaren Begabungen dieser Kinder entfalten.

Die so genannten Normalklassen profitierten von diesem Schulversuch. Sie übernahmen den Unterrichtsstoff der Speed-Klassen in einer langsameren Version.

Die Lehrer der Speed-Klassen hatten mehr als eine Coaching-Funktion. In ihren Unterrichtsfächern waren sie anerkannte Experten. Sie lehrten den Schülern den vorgesehenen Stoff und führten ihre Schützlinge durch das

Schuljahr. Sie waren für den Umgang mit den komplizierten Persönlichkeiten der Jugendlichen ausgebildet. Einige Schüler verließen die Hausklasse, um in ihren speziellen Domänen ein oder zwei Unterrichtsjahre zu überspringen, um forcierten Unterricht zu erhalten, in anderen Fächern bekamen sie Förderunterricht, je nach ihrer Begabung.

An der Ludwig-Denk-Schule wurde das Prinzip der Einzigartigkeit eines jeden Individuums gelehrt.

Schule bedeutete hier, dass Kinder in ihren höchsten Fähigkeiten unterwiesen wurden, dass sie die Gelegenheit erhielten, ihre individuellen Unterschiede entsprechend ihrer vielfältigen Interessen zu realisieren.

Das Prinzip der Chancengleichheit wurde durch maximale individuelle Förderung realisiert. Hier war man der Meinung, dass die Interaktion zwischen individuellen Menschen Unterschiedlichkeiten und nicht Gleichheiten schuf.

Mark hatte sich in diesen Monaten hier eingelebt. Er hatte sehr schnell herausgefunden, dass hier seine Softwareakrobatik ein gefragtes Gut darstellte. Und er wusste diese Ware gut einzusetzen. Bald hatte er einen schwunghaften Handel aufgebaut. Mit 11 Jahren war Mark zufrieden mit seinem Leben und hatte ein genaues Bild für die nächsten Jahre: »Erst mal das Abitur, dann ans Massachusetts Institute of Technology.«

Nur noch sehr selten dachte er an die schweren Jahre zurück. Dann aber klang stets Frau Laichs Stimme scharf in seinen Ohren:

«Er mischt sich in alles ein! Er kann keinen eigenständigen Satz bilden und wird die zweite Klasse sicher nicht schaffen! Wir müssen die anderen Kinder vor ihm schützen.«

Mark und Dr. Friedmann saßen am großen Schreibtisch und spielten eine Partie Schach. Mark hatte seine Geschichte zu Ende erzählt.

»Die Legasthenie macht mir noch immer zu schaffen. Eines Tages entwerfe ich ein spezielles Word Processing Programm für Legastheniker«, schloss er mit einem kräftigen Schluck Coca-Cola.

»Geschichten wie deine hören wir immer wieder in unserer Schule«, antwortete Dr. Friedmann.

Die Ratten waren gestern ins Physiklabor der Universität gewandert, wo sie für veterinärmedizinische Untersuchungen weiter untersucht wurden. Mark war traurig. Während der letzten Monate hatte er sie immer wieder gefüttert, ihre Käfige gereinigt und sein Softwareprogramm mit den Daten gefüttert. Er hatte eine enge Beziehung zu den Tieren aufgebaut.

Seit zwei Stunden spielten Dr. Friedmann und er sehr konzentriert. Die beiden Kontrahenten waren einander ebenbürtig.

Das Spiel näherte sich seinem Höhepunkt.

Ein leiser Windhauch ließ das Papier am gegenüberliegenden Schreibtisch rascheln. Die Spannung zwischen den beiden Spielern war greifbar.

»Schachmatt!« Die vierte Schachpartie an diesem Nachmittag. Bisher war es Dr. Friedmann immer wieder gelungen, die Niederlage zu verhindern.

Aber nun war es so weit. Mark hatte seinen Lehrer von allen Seiten umzingelt.

Es war nach logisch-analytischen Berechnungen nicht mehr möglich zu entkommen. Konstruktive Vorberechnung von Schachzügen waren an die Stelle der alten Tricks getreten. Mark wusste, was er zu tun hatte, um zu siegen. Er wollte später einmal mit Firmenmanagern und Internetprovidern über seine Software verhandeln.

Mark hatte es geschafft.

An diesem Nachmittag wollte er Britta nochmals ansprechen. Diesmal würde er keine Ausreden brauchen, um sich Mut zu machen.

Er verließ Dr. Friedmanns Büro mit dem Selbstwertgefühl eines Siegers.

Erstmals hatte er aus eigenen Stücken und ohne jegliche Tricks den Physiklehrer geschlagen. Er sah hinüber ins Tagesinternat. Diesmal würde ihn keiner zurückdrängen, wenn er Britta ansprach.

Diesmal war er der Sieger.

Der schnellste Jäger der Welt

Das Jungtier rekelte sich genüsslich in der heißen Steppensonne. Es war nun ausgewachsen und verspürte leisen Hunger. Vor ein paar Tagen hatte der junge Gepard seine Mutter verlassen, um sich einer Gruppe von Männchen anzuschließen. Vielleicht würde er bald ein Weibchen suchen.

Das Steppengras wogte im Wind, eine Herde Antilopen graste friedlich in der Ferne.

Der Duft der Antilopen ließ ihn seinen Kopf nach der Windrichtung drehen. Langsam stand er auf und bewegte sich scheinbar unauffällig in Richtung der grasenden Antilopen.

Plötzlich, wie ein Pfeil, der aus der gespannten Sehne schnellt, schoss das Jungtier auf die Herde zu und raste mit einer Geschwindigkeit von über 100 Stundenkilometern zu seiner ersten selbstständigen Jagd.

Informationen für den Leser

Das egalitär ausgerichtete Schulsystem in den meisten westlichen Industriestaaten hat wenig Platz für Kinder, die sich in vielem von ihren gleichaltrigen Klassenkameraden unterscheiden. Da hohe kognitive Fähigkeiten bei einem Kind automatisch auch bedeuten, dass es andere Kinder mit weniger intellektueller Begabung gibt, ist die gesellschaftliche Akzeptanz dieser Kinder weit geringer als bei Spitzensportlern oder erfolgreichen Künstlern.

Hochbegabung ist kein Privileg der Reichen, sondern findet sich in allen Kulturen und allen sozialen Schichten. Nur wenige offizielle Stellen erkennen an, dass hochbegabte Kinder denselben Anspruch auf Sondererziehung haben wie behinderte Kinder.

Hochbegabte Kinder werden oft leichtfertig als hyperaktiv, autistisch, verhaltensgestört oder altklug bezeichnet. Solche Fehldiagnosen können bei den betroffenen Familien zu schweren Krisen führen und den Kindern nachhaltigen Schaden zufügen. Nachdem das Thema meines Buches bekannt wurde, haben sich viele Mütter mit ähnlichen Problemen bei mir gemeldet. Es kam auch zu spontanen Solidaritätskundgebungen seitens des Lehrpersonals.

Beobachtung durch aufmerksame Eltern sowie Pädagogen kann zur Erkennung besonderer Begabungen beitragen.

Hochbegabte Kinder zeigen in der Regel:

- Gutes Beobachtungsvermögen, schnelle und effektive Auffassungsgabe
- Interessen, die in ihrem Alter unüblich sind
- Obsessives Verhalten bei einzelnen Interessen
- Frühe Abstraktions- und Übertragungsleistungen
- Besonderes Interesse an Buchstaben und Zahlen
- Besondere Fähigkeiten im Denken (Erfinden neuer Sprachen, Ideen)
- Kreatives Chaos
- Perfektionismus
- Feinsinnigen Humor
- Frühes logisches Denken
- Hervorragendes Gedächtnis
- Logorrhoe (unablässiges Sprechen)
- Kein Interesse an Routinetätigkeiten
- Eigenständiges Erlernen von Dingen
- Frühes Lesen oder Rechnen (Kindergartenalter)
- Besonderes Bedürfnis nach emotionaler Zuwendung
- Ausgeprägten Gerechtigkeitssinn
- Auffallend frühes Interesse an sozialpolitischen Themen
- Hohe Kritikfähigkeit
- Geringes Selbstwertgefühl
- Geringe Frustrationstoleranz
- Schwierigkeiten, Regeln und Ordnungen zu akzeptieren

Die genannten Symptome müssen nicht alle gleichzeitig auftreten (Urban 1990), Begabungen können verschieden ausgeprägt sein. Der ausgeprägte Sinn für Humor und der Gerechtigkeitssinn scheint aber bei den meisten Kindern aufzutreten.

Bei Verdacht sollte das Kind von einer geschulten Stelle getestet werden. Zur Diagnosestellung werden international anerkannte Intelligenztests angewandt.

Adressen

World Council of Gifted and Talented Children
18401 Hiawatha Astreet
Northridge, CA 91326 USA
www. WordGifted. org
worldgt@earthlink. net

Centre for Study of Giftedness
Universität Nijmegen
Tel: +31(24) 36 16 146

Österreichischer Verein für hochbegabte Kinder
Plebanstraße 15, 3021 Pressbaum
Dr. Roswitha Bergsmann
E-Mail: oevhk@aon. at
Tel: (0 22 33) 5 27 24

Beratungsstelle für Hochbegabte des Landesschulrates für Niederösterreich
Rennbahnstraße 29, 3109 St. Pölten
DDr. Andrea Richter
Tel: (0 27 42) 2 80 47 30

Deutsche Gesellschaft für das Hochbegabte Kind. e. v.
Beate Anders
Sondershauserstr. 80
12249 Berlin

ECHA International (European Council for High Ability)
Bildung und Begabung
Goodesbergeralle 90
53132 Bonn PO Box 200201
Dr. Harald Wagner

Organisationsformen eines differenzierten Unterrichtes für besonders begabte Kinder und Jugendliche

- Private individuelle Erziehung (Hausunterricht mit Privatlehrer)
- Spezial/Internatsschule (Spezialschulen für Hochbegabte)
- Spezialklassen an Regelschulen
- Teilzeitspezialklassen an Regelschulen
- »Express«-Klasse mit akzeleriertem Curriculum
- »Pullout«-Programme einmal oder mehrmals wöchentlich
- Drehtürmodell in »Normalklassen« (Teilnahme am Unterricht in höheren Klassen einzelner Schüler)
- Reguläre Klasse mit binnendifferenzierten Gruppen
- Teilzeit-Spezialklasse (eine oder mehr Stunden pro Tag/pro Woche)
- Reguläre Klasse mit zusätzlichem »Resource Room Programm«
- Niveaugruppen in einem oder mehreren Fächern
- Reguläre Klasse mit zusätzlicher Lehrkraft zur teilweisen Individualisierung
- Reguläre Klasse mit zusätzlichen außerschulischen Aktivitäten

Begriffserklärungen

ALZHEIMER-Krankheit
: Fortschreitendes Nachlassen der geistigen Fähigkeiten bis zur Verblödung

ANTIDEPRESSIVA
: Antriebssteigernde, stimmungsaufhellende Psychopharmaka

ATAXIE
: Unkoordinierte Bewegungen, durch Beeinträchtigung des Kleinhirns verursacht

AUTISMUS (frühkindlich)
: Kontaktstörung mit Rückzug auf die eigenen Gedanken und Vorstellungswelt, meist vor dem 3. Lebensjahr, Entwicklungsrückstand

CHROMOSOMEN
: Erbkörperchen, Träger der genetischen Information

DYSKALKULIE
: Rechenschwäche

DYSLEXIE
: Leseleistungsschwäche

DYSPHORIE
: Übertriebene Gereiztheit, Übellaunigkeit

ELEKTROENZEPHALOGRAMM
: Methode zur Registrierung regionaler Potenzialschwankungen des Gehirns, die von auf der Kopfhaut angebrachten Elektroden erfasst, verstärkt und kontinuierlich aufgezeichnet werden. Zur Diagnose von zerebralen epileptischen Anfällen

ELEKTROKARDIOGRAMM
Verfahren zur Registrierung der Aktionspotenziale des Herzens

HABDADODO
Von dem hochbegabten Kind erfundene Sprache

HALLOWEEN
Die Nacht vor Allerheiligen wird in den Vereinigten Staaten als großes Kinderfest mit allerhand schaurigen Kostümen gefeiert.

INFORMATIK
Computer Science, Wissenschaft über Informationsverarbeitung

KERNFUSION
Ein nuklearer Vorgang, in dem Kerne zweier leichter Atome wie Wasserstoff verschmelzen und dabei sehr große Energie freisetzen. Die Sonnenenergie entsteht durch Kernfusion.

LEGASTHENIE
Lese-Rechtschreib-Schwäche, als Störung kortikaler Funktionen aufgefasst; auditive und visuelle Wahrnehmungsstörungen

LOGORRHOE
Starker Rededrang

MAGNETRESONANZTOMOGRAPHIE
Computergestütztes bildgebendes Verfahren, das die magnetischen Eigenschaften einiger Elemente nutzt, um Schnittbilder des menschlichen Körpers mit Hilfe eines starken Magnetfeldes zu erzeugen

MENTALE RETARDIERUNG
Entwicklungsrückstand auf geistig intellektuellem Niveau

OLIGODENDROGLIA
Kleine Zellen mit wenigen Fortsätzen, die in der grauen Substanz den Nervenzellen unmittelbar anliegen

PARKINSON'SCHE ERKRANKUNG
Schüttellähmung

POSITRONENEMISSIONSTOMOGRAPHIE
: Ein nuklearmedizinisches Verfahren, mit dessen Hilfe biochemische oder Funktionseigenschaften des untersuchten Gewebes bestimmt werden können

QUANTENPHYSIK
: Teilchenphysik

SEISMOGRAPH
: Ein Gerät zur Aufzeichnung von Erdbebenwellen

STRATOSPHÄRE
: Atmosphärenschicht von zwölf bis fünfzig Kilometern zwischen Troposphäre und Mesosphäre

SYNAPSEN
: Umschaltstellen für die Erregungsübertragung von einem Neuron auf ein anderes.

TESTOSTERON
: Männliches Geschlechtshormon

THANKSGIVING
: Amerikanisches Erntedankfest

WARP 10
: Spitzengeschwindigkeit bei Star Trek

Bibliographie

Albert, R. S. (1975) Toward a behavioral definition of the genius. American Psychologist, 29, 19–26

Altman, L. K. (1991) Can the brain provide clues to intelligence? New York Times

Anderson, M. (1992) Intelligence and development: a cognitive theory. Oxford: Blackwell

Annett M, and Kilshaw D. (1982) Laterality and the growth of intellectual abilities. British Journal of Educational psychology, 44, 37–46

Bakan, P. (1991) Handedness and birth order. Nature 229, 195

Bakan, P. Handedness and maternal smoking during pregnancy. International Journal of Neuroscience, 56, 161–168

Benbow, C. P. (1991) Meeting the needs of gifted students through accelaeration: a neglected recource. In: M. C. Wang, M. C. Reynolds und H. J. Walberg. Handbook of spezial education: Research and practice: Vol 4 Emerging programs (23–36). Elmsford, NY: Pergamon Press

Benbow, C. P. (1992) Academic achievment in mathematics and science of students between the ages of 13 and 23: Are there differences among students in the top one percent of mathematical ability? Journal of educational Psychology 84 (1), 51–61

Benbow, C. P. and Stanley, J. C. (1983) Sex diferences in mathematical reasoning ability: More facts. Science, 222, 1029–1031

Blinkhorn, S. and Hendrickson, D. (1982) Average evoked responses and psychometric intelligence. Nature, 295, 596–597, n. M. (1992). Die Flügel des Geistes. Artemis

Bouchard, T. J. and McGue, M. (1981) Familial studies of intelligence: A review. Science 212, 1055–1059

Bouchard, T. J., Lykken, D. T., McGue, M., et al. (1990) The Minnesota Study of Twins reared apart. Science 250, 223–228

Gallaburda, A. M. and Kemper T. L. (1979) Cytoarchitectonic abnormalities in developmental dyslexia : A case study. Annals of Neurology, 6, 94

Gallagher, S. A. (1990) personality patterns of the gifted. Understanding our gifted. 3 (1), 11–13

Galton, F. (1869) Heredetary genius: An inquiry into its laws and consequences. London: Macmillan

Gervais, A. (1982) Complex math for a complex brain. Science News, 121, 58

Geschwind, N. (1984) The biology of cerebral dominance: Implications for cognition. Cognition, 17, 193–208

Geschwind, N. and Behan P. (1982) Lefthandedness: Association with immune disease, migraine and developmental learning disorder. Proceedings of the National Academy of Science, 79, 5097–5100

Geschwind, N. and Galaburda, A. M. (1987). Cerebral lateralization. Cambridge, MA: MIT Press

Geschwind, N. and Levitsky, W. (1968) Human brain. Left right asymmmetries in temporal speech region. Science, 161, 186–187

Haier, R. J., Siegel, B. V. and Neuchterlein, K. N. et al. (1988) Cortical glucose metabolic rate correlates of abstract reasoning and attention studied with positron emission tomography. Intelligence, 16, 415–426

Haier, R. J., Siegel, B. V. and Tang, C. et al. (1992) Intelligence and changes in regional cerebral glucose metabolic rate following learning. Intelligence, 16, 415–426

Happe, F. (1995) Autism: an introduction to the psychological theory. Cambridge, MA Harvard University Press

Heller, K. (1991) The nature an development of giftedness: A longitudinal study. European Journal of High Ability. 2, 174–188

Heller, A. H., Mönks, F. J., Sternberg, R. J. and Subotnik R. F. International Handbook of giftedness and talent. (1993) Oxford Pergamon Press

Jegge, J. (1976) Dummheit ist lernbar. Erfahrungen mit Schulversagern, Zytglogge Verlag Bern

Kagan, J. and Klein, R. E. (1973) Cross cultural perspectives on early development. Am. Psychologist, 28, 947–961

Kanner, L. (1944) Early infantile autism. Journal of Pediatrics, 25, 200–217

Mönks, F. J. (1992) Development of gifted children The issue of identification and programming. In: F. J. Mönks and W. A. M. Peters. Talent for the future (191–202)

Nelson, W. E., Textbook of Pediatrics, fourteenth edition, W. B. Saunders Company

Schlaug, G., Janke, L., Huang, Y. et al. (1995) In vivo evidence of structural brain asymmetry in musicians. Science 267, 699–701

Spahn, Ch., (1997) Wenn die Schule versagt. Vom Leidensweg hochbegabter Kinder. MUT Verlag, Leipzig

Thompson, L. A., Plomin, R. (1993). Genetic influence on cognitive ability.
In: K. A. Heller, F. J. Mönks and A. H. Passau. International handbook of research and development of giftedness and talent. (103–114). Oxford Pergamon Press

Thompson, R. F. (1985) The brain. An introduction to neuroscience. New York Freeman

Urban, K. K. and Sekowski, A. (1993) Programs and practices for the identifying and nurturing giftedness and talent in Europe. In: In K. A. Heller, F. J. Mönks and A. H. Passau. International handbook of research and development of giftedness and talent. Oxford Pergamon Press, (103–114)

Winner, E. (1996) Gifted Children. Myths and Realities. Harper Collins, Basic Books, New York

Zuckermann, H. (1983) The scientific elite: Nobel laureates mutual influences. In: R. S. Albert (Hg.) Genius and Eminence: The social psychology of creativity and exceptional achievement. Oxford University Press, (241–252)

Roedell, W. C. Jackson and Robinson, H. B. (1989) Hochbegabung in der Kindheit. Asanger, Heidelberg

Urban, K. K. (1993) Offenheit – eine »Zauberformel« für die angemessene Förderung von Begabungen?! In: Oswald und Klement (Hg) Begabungen – Herausforderungen für Bildung und Gesellschaft. Wien: Jugend und Volk, (43–52)